Francisco Coloane

Der letzte Schiffsjunge
der Baquedano

AF203303

Zu diesem Buch

Als blinder Passagier schmuggelt sich der fünfzehnjährige Alejandro an Bord der altgedienten *Baquedano*. Das Schulschiff der chilenischen Marine ist einer der rausten Orte der Welt, doch Alejandro will um jeden Preis Matrose werden. Die *Baquedano* kämpft sich durch tosende Stürme und turmhohe Wellenberge, gleitet über die spiegelglatte, nur von Walrücken gebrochene See und durchquert gewundene, von gewaltigen Gebirgsmassiven gerahmte Fjorde. Bis zur Südspitze der bewohnten Welt trägt ihn das Schiff, wo er schließlich Antworten findet auf eine Frage, die sein Herz seit Jahren belastet.

»Das Buch erzählt von der Suche eines Jungen nach seinem Bruder, bietet viel maritimes Flair und ist ein Stück dichte Literatur.«
Heilbronner Stimme

»Schon 1940 in Chile erschienen, packt das Buch auch heute noch mit seiner gekonnten Erzählweise und prägnanten Schilderung.«
Buchkultur

Der Autor

Francisco Coloane (1910–2002) hörte als Sohn eines Walfänger-Kapitäns schon als Kind die Geschichten der Indianer. Mit seinen Erzählungen, in denen er Feuerland und Patagonien für die Literatur entdeckt hat, wurde er zu einem der bekanntesten Schriftsteller Lateinamerikas.

Im Unionsverlag sind außerdem lieferbar: *Feuerland* und *Kap Hoorn*.

Der Übersetzer

Willi Zurbrüggen arbeitet nach einer Übersetzerausbildung in Heidelberg und mehrjährigem Aufenthalt in Mittelamerika seit 1982 als freier Übersetzer. Für seine Übersetzungen erhielt er diverse Preise, u. a. den Übersetzerpreis des Spanischen Kulturministeriums.

Mehr über den Autor und sein Werk auf *www.unionsverlag.com*

Francisco Coloane

Der letzte Schiffsjunge der Baquedano

Roman

Aus dem Spanischen
von Willi Zurbrüggen

Unionsverlag

Die Originalausgabe erschien 1941 bei Empresa Editoria Zig Zag,
S. A. in Santiago de Chile.

Im Internet
Aktuelle Informationen, Dokumente und Materialien
zu Francisco Coloane und diesem Buch
www.unionsverlag.com

Unionsverlag Taschenbuch 906
© by Francisco Coloane 1941
Originaltitel: El último Grumete de la Baquedano (1941)
© by Unionsverlag 2021
Neptunstrasse 20, CH-8032 Zürich
Telefon +41 44 283 20 00
mail@unionsverlag.ch
Die erste Ausgabe dieses Werks im Unionsverlag erschien 2000
Reihengestaltung: Heinz Unternährer
Umschlagfoto: United Archives GmbH (Alamy Stock Photo)
Umschlaggestaltung: Peter Löffelholz
Satz: Greiner & Reichel, Köln
Druck und Bindung: CPI – Clausen & Bosse, Leck
ISBN 978-3-293-20906-0

Der Unionsverlag wird vom Bundesamt für Kultur mit einem
Verlagsförderungs-Strukturbeitrag für die Jahre 2021–2024 unterstützt.

Auch als E-Book erhältlich

Zur Erinnerung an das Schiff,
das Generationen von chilenischen Seeleuten
ausgebildet hat.

Nach Süden

Zwanzig Grad nach Backbord!«, rief der wachhabende Leutnant auf der Brücke der Korvette *General Baquedano*. »Zwanzig Grad nach Backbord!«, schrie der Rudergänger zurück, während seine schwieligen Hände in die Speichen des Steuerrads griffen und es herumwirbelten. Eine Sturmbö aus Nordwest drückte das Schiff auf die Seite und tauchte das Backbord unter die hohen Wellen, deren schwarze Buckel in die dunkle Nacht hinausrollten. Der Sturm heulte in der Takelage, die geblähten Segel ließen die Rahen ächzen, und das Schulschiff der chilenischen Kriegsmarine, schlank und weiß wie ein Albatros, richtete seinen Bug nach Süden. Der Nordwestwind blies von Steuerbord und trieb das Schiff mit zwölf Seemeilen in der Stunde übers Meer.

Es war die letzte Fahrt dieses prächtigen Schiffes. Nachdem Generationen von Offizieren, Unteroffizieren und Matrosen der chilenischen Marine an Bord ausgebildet worden waren, hatte die oberste Leitung der Seestreitkräfte nun den Befehl zu dieser letzten Kreuzfahrt nach Kap Hoorn gegeben. Danach sollte das Schiff, das sich auf allen Weltmeeren wacker geschlagen hatte, abgewrackt werden, da es nicht mehr den Sicherheitsbestimmungen entsprach, die für die gefahrvollen Südrouten gelten, die die Kriegsmarine befährt.

Eines Abends im Herbst also lichtete die *General Baquedano,* mit dreihundert Mann Besatzung an Bord, im

Militärhafen von Talcahuano die Anker, fuhr mit Motorkraft aus der Bucht bis zur Insel Quiriquina hinaus, setzte, schon auf hoher See, die Segel und richtete, in Befolgung ihres letzten Einsatzbefehls, den Bug nach Süden.

Dreihundert Männer standen am Tag der Abfahrt auf der Mannschaftsliste, doch in Wirklichkeit befanden sich dreihundertundeiner an Bord. Doch von diesem letzten Besatzungsmitglied wusste niemand etwas. In einem Bugbunker, unter dem Mastkorb, kauerte zwischen Taurollen und Ketten ein etwa fünfzehnjähriger Junge und erwartete zitternd sein ungewisses Schicksal.

Etwa drei Stunden befand er sich schon in diesem Versteck, und er war sicher, dass kein Mensch von seiner Anwesenheit an Bord etwas wusste; denn die Wache an der Fallreeptür konnte sich in der Gewissheit wiegen, dass kein Fremder in den letzten Stunden vor Auslaufen über diesen einzigen Zugang an Bord gekommen war.

Diese Gewissheit beruhigte ihn einigermaßen; doch dann dachte er an die lange Nacht, die ihn in dem kleinen Kabuff erwartete, den ein Matrose, ohne von der Gegenwart des Jungen etwas zu ahnen, mit einer Kette und einem Vorhängeschloss von außen verschlossen hatte.

Ab und zu zwang ihn ein plötzliches Schlingern, sich an den Taurollen festzuklammern, um nicht gegen die eisernen Wände geschleudert zu werden, und wenn das Schiff sich wieder gefangen zu haben schien, hörte er direkt über seinem Kopf deutlich die Wellen gegen den Rumpf schlagen. »Verdammt«, sagte er sich, »ich bin unter dem Wasser!«

So war es tatsächlich; die Bunkerkammer lag unterhalb der Wasserlinie, und wenn der Bug von der Höhe eines Wellenkamms hinabstieß und im Tal zwischen zwei Wellen aufprallte, verursachte dies im Rumpf des Schiffes einen dröhnenden Widerhall.

Schon bald fühlte er eine leichte Benommenheit im Kopf und eine leichte Übelkeit in der Magengegend, so als bekäme er nicht genug Luft. Das Übelkeitsgefühl verstärkte sich, und würgendes Erbrechen schüttelte seinen Körper, dem nun auch die Kälte zusetzte.

Der Junge umklammerte den Rand einer Kabelrolle und erbrach sich in das Innere, bis nichts mehr in seinem Magen war. Der Kopfschmerz ließ nach, sein Körper beruhigte sich wieder, und bald fühlte er sich besser. Er war ein kräftiger Junge, und daher war die Seekrankheit, die jeden befällt, der zum ersten Mal an Bord eines Schiffes geht, bei ihm nur ein Anfall, der rasch vorüberging.

Erschöpft streckte er sich, so gut es ging, auf dem Boden aus; und mit einem Mal stand ihm das Bild seiner Mutter und ihrer vertrauten Stube in Talcahuano vor Augen. Er fühlte einen harten bitteren Knoten in seinem Hals, ein scharfer Schmerz kräuselte seine Nase, stach ihm zwischen die Augen und … dann konnte er nicht mehr an sich halten.

Wie aus einer Handvoll Weintrauben, die zerdrückt werden, quollen dicke Tränen aus seinen Augen. Er schüttelte jedoch den Kopf, krallte seine Hände mit aller Kraft in ein dickes Tau, und die Welle der Bangigkeit ging vorüber, wie die Seekrankheit auch.

Dann dachte er an die Schule, an seine Klassenkameraden aus der 3b, an seine Lehrer, die guten und die schlechten; doch jetzt, da ihm alles so fern vorkam, waren alle nur gut. Gewiss sorgte sich seine Mutter. Dieser Gedanke rührte ihn am meisten. Was tat sie jetzt, ohne ihren einzigen Sohn?

Er erinnerte sich, wie sie die Kleidung der Seeleute bügelte, während er an einem Tischchen im Bügelzimmer seine Hausaufgaben machte oder mit einem Stück Karton die Kohlenglut anfachte, und wie das mächtige, mit glühender Holzkohle gefüllte Bügeleisen gleich einem merkwürdigen Schiff durch das faltenreiche Meer von Hemden und gestärkten Krägen fuhr, die zum Sonntagsstaat der Kapitäne gehörten.

Seine Mutter, Doña Maria, Witwe eines Seemanns, galt als die beste Wäscherin in dem Hafenstädtchen. Die chemischen Waschsalons, die in Talcahuano moderne Zeiten eingeläutet hatten, machten ihr vergebens Konkurrenz. Anfangs nahmen sie ihr zwar ein paar Kunden, doch bald schon kamen die alten Kapitäne wieder zu ihr, denn wenn Doña Maria die Hemden wusch, waren sie hinterher weißer als Schnee, und das Gewebe wurde geschont.

Voll Bitterkeit dachte er an die regnerischen Wintertage, wenn er zusehen musste, wie seine Mutter, über den Waschbottich gebeugt, unaufhörlich wusch und wusch.

»Seit dein Vater mit der *Angamos* untergegangen ist«, pflegte sie zu sagen, »haben wir keinen anderen Verdienst.«

»Und Manuel, dein Bruder«, fuhr sie fort, »hat uns auch verlassen. Er sah, dass ich zu viel arbeitete, und eines Tages hat er zu mir gesagt: Mutter, ich will nicht mehr zur Schule gehen. Arme Leute wie wir können sie doch nie zu Ende bringen. Ich bin schon fünfzehn. Ich kann auf einem Kohlenfrachter die Überfahrt nach Magellanien abarbeiten; dort unten im Süden soll man mit der Jagd auf Otter, Robben, Füchse und andere Pelztiere viel Geld verdienen können. Da fahre ich hin, Mutter, und wenn ich zurückkomme, habe ich genug Geld, damit du nicht mehr arbeiten musst, und ich bringe eine schöne Decke aus Guanako-Fell mit, die du dir im Winter um die Füße schlagen kannst ... So ist er denn gegangen und niemals mehr zurückgekehrt, und ich habe auch nie wieder etwas von ihm gehört. Sicher ist er auf dem Meer ertrunken, denn sonst hätte er mir geschrieben, so pflichtbewusst, wie er war.«

Er erinnerte sich, dass seine Mutter an dieser Stelle stets zu weinen anfing.

Er pflegte sie dann zu trösten und sagte: »Weine nicht, Mama; wenn ich groß bin, werde ich Seemann wie mein Vater und verdiene so viel Geld, dass du nicht mehr arbeiten musst. Ich werde dann das ganze Südmeer befahren, bis ich meinen Bruder gefunden habe oder wenigstens eine Spur von ihm, damit du weißt, was aus ihm geworden ist.«

Er lernte fleißig in der Grundschule, und in der Mittelschule war er einer der besten Schüler, doch sein wahres Streben war auf den Eintritt in die Kadetten- und Marineschule gerichtet, der ihm jedoch versagt blieb, obwohl Doña Maria, seine Mutter, schon mehrmals bei der Marineleitung vorstellig geworden war.

Als er erfuhr, dass das Segelschulschiff *General Baquedano* zu seiner letzten Ausbildungsfahrt auslaufen sollte, beschloss er nach reiflicher Überlegung, heimlich an Bord zu gehen, obwohl er gehört hatte, dass blinde Passagiere schwer bestraft und auf manchen japanischen und chinesischen Schiffen sogar über Bord geworfen wurden, weil Kapitäne nicht die Strafe bezahlen wollten, die die Küstenwache für illegal an Bord befindliche Personen eintrieb.

Ob dies Seemannsgarn war oder nicht, er schrieb jedenfalls zwei Briefe: einen an seine Mutter und einen an den Direktor seiner Schule, in denen er ihnen die Gründe für seine Entscheidung darlegte. Er wollte ein Mann werden und seinen Bruder suchen, und er bat um Verzeihung, dass er weder Mutter noch Lehrer um Erlaubnis gebeten hatte, die ihm andererseits ja mit Sicherheit verwehrt worden wäre.

Als das erledigt war, ging er an Bord. So weit war er mit seinen Gedanken gekommen, als er sich den ersten wirklichen Schwierigkeiten gegenübersah. In einem Winkel der

Bugkammer gewahrte er mehrere Leuchtpunkte, die seine Erinnerungen nachhaltig unterbrachen. Er blinzelte, kniff die Augen zu schmalen Schlitzen zusammen und sah sich drei riesigen rostbraunen Ratten gegenüber, die fast so groß wie Katzen waren.

Schaudernd fielen ihm die Geschichten ein, in denen Seeleute von Ratten aufgefressen worden waren. In Talcahuano war einmal ein zweijähriger Junge von Ratten totgebissen worden. Er hatte auch gelesen, dass es im Wilden Westen ein Fort Rat gab, welches so hieß, weil seine vom Hunger geschwächten Soldaten von diesen Nagetieren gefressen worden waren. Im Süden Chiles, im Seengebiet, war einmal ein ganzes Heer von Ratten aus Argentinien eingedrungen, hatte Schafe, Hunde und Schweine totgebissen und ganze Farmerfamilien vertrieben.

Die glühenden Augen kamen näher. Der Junge tastete schwankend nach einem Tauende, doch da es ihm nicht stark genug schien, kletterte er auf die Rollen und stieß mit den Füßen nach den Ratten.

Er glaubte seinen Augen nicht zu trauen, als die Ratten, anstatt davonzulaufen, wie wütende kleine Hunde an seinen Beinen hochsprangen und ihn zu beißen versuchten. Erst als eine von seiner Fußspitze getroffen und gegen die Wand geschleudert wurde, rannten die übrigen davon und verschwanden in der Dunkelheit.

Der Junge blieb auf den Taurollen liegen und merkte, wie ihn ein Schwächegefühl übermannte. Sein Mund war trocken, sein Magen leer. »Ich werde aushalten, bis ich nicht mehr kann«, sagte er sich, »dann werde ich mit aller Kraft gegen die Eisentür hämmern, obwohl es eher unwahrscheinlich ist, dass man mich hört.«

Sein Kopf sank ihm auf die Brust, die Müdigkeit war stärker als Hunger und Durst. Nach und nach kamen auch wieder zwei, drei, fünf Paar glühender Augen zum Vorschein. Abscheulich anzusehen in ihrem rotbraunen borstigen Fell, waren sie wieder da, die Ratten, bereit, sich im passenden Moment auf ihr Opfer zu stürzen.

Mühevoll richtete sich der Junge auf, um sie wieder mit Fußtritten zu verjagen, als draußen plötzlich die Kette schepperte, als zerre jemand daran, um die Tür zu öffnen. Der Junge verbarg sich hinter den Tauen. Die Tür wurde aufgerissen, eine Petroleumlampe leuchtete in die Bunkerkammer, und als sie schon zurückgezogen wurde, sprang ein Polizeihund über sie hinweg und stürzte sich bellend auf das Versteck.

Eine herrische Stimme rief: »Patotolo!«, und der Hund ging knurrend zurück; eine Hand griff nach seinem Halsband, und dieselbe Stimme rief diesmal: »Wer da?«

»Ich. Alejandro Silva!«, gab der Junge mit bemüht fester Stimme zur Antwort.

Die Vorschriften auf dem Schulschiff besagen, dass jede Nacht ein Wachoffizier in Begleitung eines Unteroffiziers und zweier bewaffneter Matrosen das Schiff von Bug bis Heck und vom Kiel bis zur Brücke abgehen und jeden Winkel mit einer starken Lampe ausleuchten muss. Diese Gruppe von Männern, gemeinhin »die Runde« genannt, wird in der Regel von einem Offiziersanwärter der Marineschule befehligt, ist mit Sondervollmachten ausgestattet und genießt bei der Mannschaft großes Ansehen.

Der junge Alejandro, der die Vorschriften auf einem Kriegsschiff nicht kannte, hatte diesen Überraschungsbesuch nicht erwartet.

»Rauskommen!«, befahl der Wachoffizier.

Patotolo, ein kraftstrotzender Polizeihund, Maskottchen der Besatzung und zuverlässiger Begleiter der Runde, begann wieder zu bellen.

Alejandro kam zwischen den Taurollen hervor; zwei kräftige Matrosen traten mit gefällten Bajonetten ein und packten ihn an den Armen.

Ins Licht der Petroleumlampe trat ein Junge von normaler Statur, schlank und muskulös, mit hellbraunem Haar und blassem Gesicht, leicht gebogener Nase und grauen Augen, die wie Stahl glänzten, deren Blick aber friedlich und ruhig war, jedoch eine gewisse Wehmut barg.

Der Unteroffizier, mit Lampe und Hund, ging voran, ihm folgte der Wachführer, und hinter ihnen, zwischen den beiden bewaffneten Matrosen, ging der Junge Alejandro Silva, auf dessen beunruhigte Gesichtszüge hin und wieder das Licht der Petroleumlampe fiel, die in der Hand des Unteroffiziers schwankte. Aber die aufrechte, vornehme Haltung des Jungen zeigte, dass er sich von der Runde nicht einschüchtern ließ.

Die erste Nacht

Herr Kapitän, beim Wachgang haben wir diesen Jungen in der Bunkerkammer am Bug entdeckt. Sonst keine Vorkommnisse«, sagte der Wachführer, der vor dem Zweiten Offizier Haltung angenommen hatte.

Der Zweite, ein kräftiger, hoch gewachsener Korvettenkapitän von etwa vierzig Jahren, runzelte die Stirn. Er war verärgert über diesen ungewöhnlichen Fund, der einen Mangel an Wachsamkeit verriet, die auf jedem Kriegsschiff zu herrschen hat, und barsch fragte er: »Wie heißt du?«

»Ich heiße Alejandro Silva Cáceres, ich bin fünfzehn Jahre alt und gehe auf die Mittelschule in Talcahuano«, antwortete der Junge erhobenen Hauptes, mit klarer fester Stimme und respektvollem Ton.

»Warum bist du an Bord gekommen?«

»Ich will Seemann werden. Meine Mutter ist alt, sie wäscht für andere Leute, aber lange kann sie nicht mehr arbeiten. Sie hat alles versucht, um mich auf die Kadettenschule zu bringen, aber es ist uns nicht gelungen. Als ich hörte, dass die *Baquedano* zu ihrer letzten großen Fahrt ausläuft, konnte ich mich nicht mehr zurückhalten und bin heimlich an Bord gegangen. Ich habe geordnete Verhältnisse hinterlassen, Herr Kapitän, einen Brief an meine Mutter und einen für meine Lehrer, in denen ich sie um Verzeihung bitte.«

»Wie bist du an Bord gekommen?«, wollte der Kapitän wissen, der jetzt nicht mehr ganz so verärgert war.

»Ein Junge aus dem Hafen, einer von denen, die die Matrosen ›Pistoleros‹ nennen und die von dem leben, was sie von den Schiffen bekommen, hat mich in seinem Boot hergerudert. In einem günstigen Moment bin ich an der Ankerkette hochgeklettert und habe mich unter dem Bug versteckt, wo man mich jetzt gefunden hat. Ich weiß, dass Sie mich nicht ins Wasser werfen lassen, Herr Kapitän; ich nehme jede Strafe auf mich, aber lassen Sie mich bitte an Bord bleiben. Ich möchte Matrose auf der *Baquedano* werden, ich kann jede Arbeit verrichten, putzen, wischen, Kartoffeln schälen, was Sie wollen.«

Der Offizier schaute ihn nachdenklich an, dann verschwand er unter Deck.

Der Junge stand inmitten der Runde und atmete freudig den salzigen Wind, der vom Meer kam, schaute auf die Wellen, die wie die Buckel von großen schwarzen Bestien in der Nacht auftauchten und wieder verschwanden, und seine Augen weiteten sich vor Staunen, als er das eindrucksvolle Schauspiel der im scharfen Nordwestwind geblähten Segel des Schulschiffs betrachtete, das gefährlich nach Backbord krängend mit zwölf Seemeilen in der Stunde durch die Endlosigkeit des Meeres und der Nacht pflügte.

Eine Ordonnanz unterbrach das Schweigen der Runde und ihres Gefangenen.

»Kapitän Calderón möchte den Jungen sehen«, sagte der Schiffsjunge.

Sie folgten dem Offiziersanwärter, der die Gruppe befehligte, und stiegen eine elegante Treppe aus Bronze zur Kajüte des Kapitäns hinunter, die sich unter dem Kastell befand.

Kapitän Calderón war ein großer, dicker, dunkelhaariger Mann mit dem gutmütigen Aussehen eines alten Seebären, der viele Meere befahren, viel gesehen und schon über manches Schiff das Kommando gehabt hat.

Der Zweite Offizier hatte ihn bereits informiert.

Der Junge war nicht wenig erstaunt über die Eleganz der mit Teppichen ausgelegten Kajüte: ein Tisch aus Edelholz, dessen Platte mit rotem Filz bespannt war, große, bequeme Sessel, hell strahlende Lampen.

Der Kapitän befahl der Runde wegzutreten und blieb mit dem Zweiten und dem Jungen allein.

Mit ernster Miene forderte er den Jungen auf, vertrauensvoll und ohne Vorbehalte zu erzählen.

Nach dem harten Ton des Wachführers und des Zweiten Offiziers fand Alejandro den Kapitän so gutherzig wie seinen besten Lehrer und erzählte ihm von seinem Leben, seiner Mutter, der Witwe eines Seemanns von der *Angamos,* von der Reise seines verschollenen Bruders nach Magellanien und schließlich von seinem Entschluss, Seemann zu werden und seinen Bruder Manuel zu suchen.

Der Kapitän hörte ihm aufmerksam zu. Dann wandte er sich an den Zweiten: »Schicken Sie ein Kabel an das Oberkommando der Kriegsmarine, teilen Sie mit, was passiert ist, und bitten Sie um Instruktionen. Wir könnten Corral oder Puerto Montt anlaufen und den Jungen den dortigen Behörden übergeben, doch das ist nicht ganz unproblematisch. Unser Einsatzbefehl lautet, ohne Zwischenaufenthalt Punta Arenas anzusteuern, bis zum Golf von Penas übers offene Meer zu segeln und dann mit Motorkraft in den Messier-Kanal und durch die Fjorde weiter bis Punta Arenas.

Du bereitest uns einige Ungelegenheiten, mein Freund; eine davon ist natürlich der Arrest der Wache, die Dienst hatte, während du an Bord gekommen bist. Versuch also, nicht aufzufallen, und tu, was man dir sagt.« An den Zweiten Offizier gewandt, sagte er abschließend: »Man soll ihm eine Koje zuweisen und auf der Wache etwas zu essen geben.«

Der Sturm heulte immer noch in der Takelage, und ein Ton wie von einer gewaltigen Pauke unterbrach bisweilen die Sinfonie der stürmischen Nacht, wenn ein Flattersegel den Wind nicht richtig aufnahm und zu schlagen anfing.

Alejandro Silva aß Braten und Brot und trank dazu guten heißen Kaffee aus den typischen emaillierten Näpfen, Marke Marina Chilena, die einen halben Liter fassen.

Als er durchs vordere Luk ins Zwischendeck hinunterstieg, sah er sich unverhofft einer riesigen Flotte wie von kleinen Kähnen gegenüber, die im fahlen Licht eines weitläufigen Raums dümpelten: die schlafenden Matrosen in ihren Kojen, welche sich als Hängematten herausstellten.

Sich mehr als einmal den Kopf anstoßend, erreichte er einen freien Platz, wo der Schiffsjunge, der ihm den Weg wies, ihm auch zeigte, wie man die Hängematte befestigte, zu der vorschriftsmäßig eine Auflage und zwei Decken gehörten. Dreimal versuchte Alejandro vergebens, in die Hängematte zu klettern, und erst beim dritten Mal gelang es ihm, sich darin einzurichten. In ihr war das Schwanken des Schiffes nicht zu spüren, sie blieb wie ein Lot ruhig hängen, und die Stille und die Müdigkeit ließen ihn auf der Stelle einschlafen.

Der letzte Schiffsjunge

Alle Mann aufstehen!« Der dröhnende Ruf des Obermaats scholl von der Luke her durchs Zwischendeck. Ein schrilles Hornsignal rief zum Wecken, und wie ein Mann sprangen die Matrosen aus ihren Kojen.

Auch Alejandro krabbelte aus seiner Hängematte und spürte die erstaunten Blicke Hunderter von Augen auf sich.

»Was macht denn der hier?«, fragte einer der Matrosen spöttisch.

»Fehlt nur noch, dass Frauen und Säuglinge an Bord genommen werden!«, rief ein anderer.

»Smutje, mach die Milchflasche warm!«, schrie ein sommersprossiger Bursche mit einem Galgenvogelgesicht.

Der Junge stand in seiner zerknitterten Kleidung da und fühlte sich hilflos und verlassen. Das riesige dunkle Zwischendeck voll fremder, feindlicher, höhnischer Männer war zu viel für sein zartes Gemüt. Die Bunkerkammer mit den Ratten war ein Paradies gewesen im Vergleich zu der Trostlosigkeit, in die all diese fremden Menschen ihn stürzten.

Die Mannschaft zwängte sich die Treppe hinauf an Deck. Jeder, der an ihm vorbeiging, warf ihm einen Blick zu, neugierig der eine, gleichgültig ein anderer, manche freundlich.

Plötzlich hatte das Luk, wie ein aufgesperrter Rachen zum Licht, den letzten Seemann verschluckt, und das Zwischendeck lag leer wie ein gewaltiges Grab. Der Junge zitterte in seiner Hilflosigkeit und wusste nicht, was er tun sollte; er schaute an sich herab und dann hinauf an die graue Decke, seine Hände zerknüllten die Zipfel der dicken Jacke, die er trug. Oh, dies war schlimmer, als er es sich vorgestellt hatte!

Im Luk tauchte unverhofft ein runder Kopf auf, ein weißes Gesicht und vertrauenerweckende Augen. Ein Schiffsjunge von ungefähr siebzehn Jahren kam die Eisentreppe herunter und sprach Alejandro an: »Komm mit nach oben und wasch dich. Ich hab dich gestern Abend gesehen, als sie dich aus deinem Versteck rausholten. Stell dich nicht so an, du brauchst doch keine Angst zu haben. Nur ein paar alte Kerle sind etwas bösartig, die andern sind in Ordnung; sie machen sich gerne über einen lustig, aber sonst sind sie nicht übel. Du wirst schon sehen, wenn du an Bord bleibst, wird es dir hier gefallen. Ich jedenfalls mag ganze Kerle, wie du einer bist; ist schließlich nicht jedermanns Sache, sich als blinder Passagier auf ein Kriegsschiff zu schleichen.«

»Wenn du an Bord bleibst …« Der Junge dachte an die Worte des Kapitäns: »Unser Einsatzbefehl lautet, ohne Zwischenaufenthalt Punta Arenas ansteuern …«, und sie machten ihm Mut.

»Danke«, sagte er und folgte dem Schiffsjungen, der ihm sein Handtuch und seine Seife gab.

»Nachher gehst du am besten gleich zur Schreibstube und stellst dich dem Rechnungsführer vor. Er wird dich dann einteilen«, sagte der Schiffsjunge.

An Deck war die Besatzung zum Morgenappell angetreten, und es war tatsächlich so, dass jetzt kein Mensch Notiz von ihm nahm; als existiere er gar nicht. Das machte ihm Mut. Er fühlte sich besser, wenn er allein war. Er wusch sich, gab seinem Beschützer die Waschutensilien zurück und ging zur Schreibstube, die sich im Mittelteil des Schiffs befand.

Auf dem Weg dorthin konnte er ein grünes Meer sehen, auf dem gleichmäßige Wellen mit schaumig aufspritzenden Kämmen blühten, vorangetrieben von einer frischen Brise, die seitlich in die Segel hieb. Das Schiff, immer noch stark nach Backbord geneigt, pflügte schnittig durch den Stillen Ozean. Der Tag war klar, und die Sonne schien, trotzdem war nirgends eine Küste zu sehen.

Der Obermaat ließ plötzlich seine Pfeife schrillen, und an den Masten wurden Befehle geschrien: »Besan- und Klüverschoten klarmachen!«

Die Schiffsjungen drängten an die Blockrollen und Taue, man hörte das Pfeifen sich straffender Leinen, die vertikalen Segel zwischen den Masten drehten etwas mehr zur Mitte des Schiffes, das sich nun noch schräger legte und noch schneller wurde. Von der an den Rahen festgezurrten Leinwand stürzte ab und zu surrend eine Windhose nach unten und ließ die Flaschenzüge ächzen.

»Was gibts?«, fragte der Rechnungsführer, ein rundlicher gemütlicher Maat; doch als er aufschaute, erkannte er den Jungen: »Ah, du bist der blinde Passagier. Deinetwegen haben zehn Männer Extrawachdienst und ein Leutnant Stubenarrest aufgebrummt gekriegt.«

»Tut mir leid …«

»Schon gut, schon gut«, unterbrach ihn der Rechnungsführer. »Jeder hier auf dem Schiff kennt deine Geschichte. Du kannst froh sein, dass du der Sohn eines ehemaligen Seemanns bist. Ich habe deinen Vater gekannt; und du hast eine Menge Glück: Das Oberkommando hat auf das Kabel des Kapitäns geantwortet und dir Erlaubnis erteilt, als letzter Schiffsjunge an Bord zu bleiben.«

Das Herz des Jungen jubelte, zwei Tränen rollten über seine Wangen, und lachend vor Glück rief er aus: »Danke, Herr Rechnungsführer!«

Zum ersten Mal hatte er jetzt einen Marinesoldaten vorschriftsmäßig angesprochen; schon ganz wie ein Schiffsjunge. Und von diesem Moment an war er ja auch einer.

Den Vormittag über durchlief er das vorgeschriebene Aufnahmeverfahren: Eintragung der Personalien in die Stammrolle, ärztliche Untersuchung, Haareschneiden, und schließlich führte man ihn in die Kleiderkammer, wo er den Arbeitsdrillich empfing, die blaue Ausgehuniform, Unterwäsche, Deckschlappen und Schuhe.

Als er mit der weißen Mütze auf dem Kopf wie ein richtiger Schiffsjunge aussah und an Deck vor seine Vorgesetzten trat, war er tief ergriffen. Sein großer Traum hatte sich erfüllt; nun war er Seemann, das Blut seines Vaters war dem Ozean zurückgegeben. Stolz sog er die salzige Luft in seine Brust, schaute auf den schnittigen Bug seines Schiffes, und da wurde ihm klar, dass er – nach seiner Mutter – nichts mehr liebte als diese ruhmreiche Korvette.

Das treue Schiff schien die Seele des Jungen zu verstehen, denn seine herrliche Galionsfigur bäumte sich dem fernen Horizont entgegen, und mit auflebender Kraft jagte es durch den schaumigen Wellengarten des Meeres. Auf hoher See war ihm auf seiner letzten Fahrt noch einmal ein Sohn geboren: Alejandro Silva, »der letzte Schiffsjunge der *Baquedano*«, seinem Innern entstiegen wie dem dunklen Grund des Ozeans.

Drei Haufen steuerbord!

Eine Woche lang erhielt er theoretischen Unterricht. Er musste ein rot eingebundenes Buch auswendig lernen, in dem die Namen sämtlicher Kammern, Taue, Segel und Bauteile einer Korvette verzeichnet waren.

Nach bestandener Prüfung wurde er der Mannschaft des Fockmastes zugewiesen, denn die Besatzung teilte sich in Wachmannschaften für die drei Masten von Bug nach Heck auf: Fock-, Haupt- und Besanmast.

Jede Mannschaft konkurriert mit den anderen um die beste Instandhaltung des Tau- und Segelwerks ihres Mastes, jede will bei den Segelmanövern die beste und schnellste sein. Sie teilen sich in Wachen auf, und Tag und Nacht steht eine Gruppe von Schiffsjungen und Matrosen am Fuß eines jeden Masts bereit, um die Pfeifsignale der Obermaate auszuführen, die die Manöver für diesen grazilen Segler befehlen.

Zum Glück fiel seine erste Nachtwache in eine Nacht, in der der Pazifik seinen Zorn gezähmt hielt.

»Fockmastwache antreten!«, rief der Obermaat vom Dienst, und die entsprechende Wachmannschaft stürmte an Deck.

Das Meer lag ruhig, das Mondlicht glitzerte zwischen den kleinen Wellen, und eine sanfte Brise aus Westen ließ Fock-, Topp- und Klüversegel sowie Rahen und Takelwerk so gut wie unbewegt.

Trotz der Windstille bildeten sich hier und da Luftwirbel, die aus der Takelage niedersausten, und einer von ihnen riss einem Schiffsjungen den Kaffee, den er in einem großen Topf übers Deck trug, aus der Hand. »Mach den Mund zu!«, rief einer von der Fockmannschaft dem Kaffeeträger zu.

Auf der Kommandobrücke sah man den Navigationsoffizier, der die letzten Kursinstruktionen gab. Die *Chancha,* wie die *Baquedano* von der Mannschaft liebevoll genannt wurde, hob und senkte ihren Bug wie ein alter Wal, der den fernen Süden sucht.

Das lang gezogene klagende Ruheblasen des Signalhorns verlor sich ohne Echo auf dem weiten Meer. Fast die gesamte Besatzung schlief im Zwischendeck, und nur die Wachmannschaften blieben oben.

Nach dem Hornsignal legte sich eine tiefe Stille über das ganze Schiff, doch nach einer Weile vernahm man eine Stimme aus dem Fockmastkorb mit dem gedämpften Ruf: »Eins …«

»Zwei«, rief eine andere Stimme wie ein Echo.

»Drei«, ließ sich eine dritte Stimme hören, und dann herrschte wieder Stille.

Doch nicht für lange, dann drangen die sonderbaren Stimmen aufs Neue durch die Nacht: »Eins!« »Zwei!« »Drei!«

»Danach bin ich an der Reihe«, dachte der Schiffsjunge Alejandro und legte sich mit seinen Wachkameraden am Fuß des Fockmasts zum Schlafen nieder.

Er wusste schon, was diese Stimmen zu bedeuten hatten: Wenn bei Nacht gesegelt wird, sind drei Wachen in steter Bereitschaft; ein Schiffsjunge oder Matrose – Toppgast genannt – steht im Fockmastkorb und späht in die Dunkelheit hinaus, und je ein weiterer – Davit-Wache genannt – auf jeder Deckseite an der Reling.

In unregelmäßigen Abständen ruft der Toppgast »Eins!«. Die Davit-Wache an Steuerbord ruft »Zwei!« und die von Backbord »Drei!«. Das heißt, dass es keine Vorkommnisse gibt und die Wachen noch wachsam sind.

Da diese Wachen den Männern viel abverlangen, besonders bei Sturm, wird der Toppgast jede Stunde abgelöst und die Davit-Wachen alle zwei Stunden.

Außerdem geht über dem Kastell am Heck ein Matrose mit einem Rettungsring über der Schulter zwischen Backbord und Steuerbord hin und her. Er muss darauf achten, ob ein Mann beim Hinauf- oder Herabklettern ins Wasser fällt, und in diesem Fall den bekannten Alarmruf »Mann über Bord!« ausstoßen. Diese Heckwache wird im Seemannsjargon »Fleischwurst« genannt, weil der Rettungsring jenem leckeren Wurstkringel so ähnlich sieht.

»He, auf nach oben, ins Krähennest!«

Ein Schiffsjunge schüttelte ihn wach. Alejandro stand auf, rieb sich die Augen und schaute nach dem Mond, der nach Westen gewandert war, und machte sich bereit, in den Mastkorb zu klettern. Im selben Augenblick kam der Abzulösende nach unten.

Es war seine erste Wache auf diesem Posten. Er stieg die Strickleiter hinauf, die dem Fockmast zugleich als Abspannseil diente, und kletterte in den Ausguck.

Tagsüber, bei der Ausbildung, war es ihm ganz einfach vorgekommen, doch in der Nacht, hoch oben wie ein umgekehrtes Uhrenpendel, war die ganze Sache doch beeindruckend.

Das Schiff schob sich schwankend durch die stille See. Die Neigung nach Steuerbord wurde durch das Segelwerk in Grenzen gehalten, doch nach Backbord hin war sie so stark, und der Fockmast legte sich so schräg über die

Wellen, dass Alejandro sich am Rand des Mastkorbs festklammern musste, um sich sicher zu fühlen.

»Eins!«, rief er zum ersten Mal von oben.

»Zwei!« – »Drei!«, antworteten die Davit-Wachen, und die Rufe erfüllten ihn mit Zuversicht, in diesem schwankenden Krähennest zu überstehen. Zufrieden dachte er daran, dass er jetzt schon wie ein erfahrener Schiffsjunge Dienst tat.

»Eins!« … »Zwei!« … »Drei!« Seit einer halben Stunde schon machte er den Anfang bei diesen drei Wörtern, die wie eintönige Tropfen in die friedliche Nacht und das sanfte Knarren der Wanten fielen.

Der Wind, der oben heftiger war, ließ ihn trotz seiner dicken Kamelhaarjacke frösteln.

»Eins!« »Zwei!« »Drei!« Und nichts Auffälliges war auf dem weiten Meer zu entdecken, auf dem sanft das Mondlicht lag.

Bevor er seinen Ruf absetzte, legte Alejandro jedes Mal die Hand wie einen Schirm über die Augen, beugte sich, ganz wie ein alter Seebär aus vergangenen Zeiten, weit über den Korbrand hinaus und ließ seinen Blick über den Horizont schweifen. Und erst wenn er sicher war, seiner Aufgabe gründlich nachgekommen zu sein, rief er: »Eins!«

Mit einem gewissen Wohlbehagen ging sein Blick über das Meer, das von seinem Mastkorb aus wie ein gepflügtes Feld aussah, die eine Seite der Furchen Licht, die andere Schatten, als er über der Steuerbordreling in der Ferne plötzlich drei schwarze Haufen ausmachte, die behände durchs Wasser glitten und sich der Korvette näherten.

»Drei schwarze Haufen steuerbord!«, schrie er.

»Drei schwarze Haufen steuerbord!«, wiederholten die Davit-Wachen.

Der wachhabende Offizier erteilte einen Befehl, und schon schrillte die Pfeife eines Obermaats durch die stille Nacht.

Einen Lidschlag später standen alle drei Mastwachen an den Schoten, bereit zum Manövrieren.

Der Schiffsjunge im Ausguck sah die drei Haufen, die pfeilschnellen Unterseebooten ähnelten, verschwinden und rief: »Drei Haufen verschwunden!«

»Drei Haufen verschwunden!«, wiederholten einer nach dem andern die Davit-Wachen.

Doch kaum war der Ruf verklungen, tauchten die drei schwarzen Haufen – hohe Wellen vor sich herschiebend und riesige Fontänen ausprustend – fast direkt neben der Bordwand der Korvette wieder auf.

Dem Jungen verschlug es die Sprache, am Tiefpunkt des Neigungswinkels wurde die Fockmastverlängerung beinah von einem Strahl getroffen, doch kaum war ihm klar geworden, was er sah, schrie er: »Drei Wale backbord!«

»Drei Wale backbord!«, wiederholten die Davit-Wachen.

Die drei gewaltigen Meeressäuger mit den schieferfarbenen Rücken entschwanden schnell in der endlosen Weite des Ozeans.

Als er seine Wache als Toppgast beendet hatte, sah Alejandro, dass seine Kameraden ihn mit spöttischen Blicken musterten.

Als er sich schlafen legte, sagte einer zu ihm: »Du musst mit dem ersten Blick erkennen, was du auf dem Meer siehst. Beim nächsten Mal rufst du sofort: Wale steuerbord; dann müssen nicht sämtliche Wachen geweckt werden und aufstehen. Morgen werden sie dich ganz schön hochnehmen.«

Der Junge biss sich auf die Unterlippe, und die Scham zuckte wie ein loderndes Feuer durch seinen Körper und seinen Geist.

Und tatsächlich: Wem immer er am nächsten Tag über den Weg lief, rief: Drei Haufen steuerbord! – und aus dem Zwischendeck kam brüllendes Gelächter.

Beim Mittagessen war die Geschichte bereits in aller Munde. Dies war die Zeit, in der die Matrosen lautstark die Anekdoten ihrer Fahrten zum Besten gaben. Am Ende des mit Wasser und Soda blank gescheuerten Tisches teilte der Küchenmaat die großen Brotkanten aus, und als er Alejandro sein Stück zuwarf, rief einer: »Vorsicht! Haufen von Steuerbord!«

»Die kann man nicht essen!«, rief ein anderer.

An diesem Tag bekam er von den Witzbolden auf dem Schiff seinen Spitznamen zugeteilt; von Stund an hieß er bei ihnen nur noch »Drei Haufen«.

Das Gespenst der Leonora

Auf See unterteilte sich der Tag in Wachen, Ausbildung, Leibesübungen und Essen. Das Schiff war, von den Militär- und Marinefächern abgesehen, für die Schiffsjungen nicht viel anders als eine Schule, die sich samt Schülern aufs Meer begeben hatte.

An jenem Nachmittag wurden Mathematik, Geschichte und Geografie unterrichtet.

Da es für alles eine Regel gab, hieß es nach der letzten Stunde: nähen. Jeder Schiffsjunge holte sich Zwirn und Faden und eine Schachtel mit Knöpfen aus seiner Kiste und hockte sich mit anderen ins Zwischendeck oder suchte sich an Deck einen Platz, wo man sich hinsetzen und stopfen oder Knöpfe annähen konnte.

Alejandro und seine Gruppe setzten sich aufs Kastell, seinen Lieblingsplatz, weil er von dort aus das ganze Schiff, die Segelmanöver und das weite Meer überblicken konnte.

Auf den Fersen hockend, machten Schiffsjungen und Matrosen sich daran, ihre Kleidungsstücke auszubessern.

Die Jungen riefen sich mit fröhlichen Stimmen Ereignisse in Erinnerung, die sie bisher erlebt hatten: welcher Gefahr einer ausgesetzt gewesen war, als er ein Toppsegel reffen musste, ein anderer war am Ende einer Rah beinah ins Meer gestürzt; heitere Geschichten aus dem Schiffsalltag.

So saßen sie, als ein alter Schiffszimmermann, der Maat Escobedo, mit einer Hose in der einen und Nähzeug in der anderen Hand, zu ihnen trat.

»Rückt mal ein Stück zur Seite, Jungs, damit ich hier meine Hose stopfen kann, die noch älter ist als ich, aber wenigstens einen hat, der sich um sie kümmert, während meine armen Knochen nicht mal der Teufel mehr anwärmen will«, sagte der alte Maat.

Escobedo, früher Schiffszimmermann auf der *Baquedano,* hatte praktisch sein ganzes Leben auf diesem Schiff zugebracht, und jetzt, da sie bald verschrottet werden würde, war er ein bisschen schwermütig geworden. Lieber wollte er in Rente gehen als seinen Fuß auf ein anderes Deck setzen.

Er war ein guter Mensch, der die Schiffsjungen in sein Herz geschlossen hatte und ihnen mit seinem Rat und seinen Erfahrungen beistand, damit sie sich Bestrafungen ersparten, vor allem aber liebte er es, ihnen von seinen früheren Abenteuern auf den Meeren zu erzählen.

»Während meiner ersten Jahre auf See war ich ›Handelsmarinierter‹«, begann Escobedo an jenem Nachmittag auf dem Kastell, und die nähenden Schiffsjungen lauschten ihm andächtig.

»Ich fuhr auf Kohlenfrachtern und Bananendampfern oben in der Äquatorialregion. Ich habe dort einiges an Abenteuern erlebt, aber nie so etwas wie in dem Hafen, den wir in Kürze anlaufen: Punta Arenas. Da habe ich ein Gespenst gesehen. Es ist das einzige Mal in meinem langen Leben geblieben, dass mir so eine Merkwürdigkeit unter die Augen gekommen ist.«

Als er den Namen dieses fernen Ortes hörte, hob Alejandro aufmerksam den Kopf. Er dachte an seinen Bruder, an den er sich nur vage erinnerte, und an das Versprechen, das er seiner Mutter gegeben hatte, ihn auf den Kanälen und Inseln des Südens zu suchen, auf die die *Baquedano* ihren Kurs gerichtet hatte.

»Vor vielen Jahren habe ich in jener Gegend gelebt«, fuhr der alte Schiffszimmermann fort, »und auf den großen Estanzias gearbeitet. Aber ich vermisste das Meer, und so bin ich nach Punta Arenas gegangen, um auf dem erstbesten Schiff anzuheuern.«

Die Schiffsjungen rückten näher heran, denn jetzt gab es eine der spannenden Abenteuergeschichten des alten Escobedo zu hören.

»Es gab aber kein Schiff«, sagte der Maat bedächtig. »Doch dann las ich in der Zeitung, dass zwei Seeleute für das Pontonschiff *Leonora* gesucht wurden.

Die *Leonora* war früher eine herrliche Viermastbark, die vor vielen Jahren, nach einem Schiffbruch in den Klippen der Magellanstraße, von einer Reederei als Pontonschiff hergerichtet wurde; das heißt, als schwimmendes Warenlager für vorbeifahrende Schiffe.

Seine Besatzung bestand aus einem Kapitän und vier Matrosen. Das hatte ich in der Pension herausbekommen, in der ich damals wohnte, und als ich einem Mitbewohner erzählte, dass ich auf der *Leonora* anheuern wollte, warnte er mich: Es ist nicht ratsam, auf dieses Schiff zu gehen. Auf der *Leonora* arbeiten nur Desperados, üble Gesellen, die sonst niemand haben will. Der Grund dafür ist, dass seit Jahren immer wieder Männer auf rätselhafte Weise von diesem Schiff verschwinden. Niemand weiß, wie sie zu Tode kommen. Manchmal wird eine Leiche an Land gespült, manchmal nicht einmal das. Ein Freund von mir, Jesús Barría, hat es vier Jahre an Bord ausgehalten, und in dieser Zeit sind vier seiner Kameraden verschwunden; jedes Jahr einer. ›Ich lass mich von dem Teufel, der dieses Schiff verhext, nicht unterkriegen‹, hat er damals zu mir gesagt und sich dabei gegen die mächtige Brust geschlagen. Fatalerweise hat ihn der Teufel eines Nachts doch noch geholt, denn alle Matrosen sind nachts verschwunden. ›Dies Jahr hat er sich noch keinen geholt, und bewahre Gott, dass Sie der Auserwählte sind!‹ Mein Zimmernachbar hatte halb im Spaß, aber auch halb im Ernst gesprochen.

Ich habe nicht auf ihn gehört, denn an Gruselmärchen habe ich noch nie geglaubt; doch jetzt, da ich langsam alt werde, zähle ich zwei und zwei zusammen und bin mir nicht mehr so sicher«, fuhr der Maat schmunzelnd fort, während einige der Schiffsjungen es sich auf dem Deck des Kastells bequem machten, das Kinn in die Hände stützten und den Maat anschauten, um keines seiner Worte zu verpassen.

»Ich ging ins Büro der Reederei und ließ mich für die *Leonora* anheuern; dort wollte ich warten, bis ein Dampfer vorbeikam und mich wieder mit nach Norden nahm.

Die Kameraden, die mich auf dem Ponton erwarteten, waren Schurken, wie sie in jedem Hafen an Land gespült werden; das sagten mir, kaum dass ich ihrer ansichtig wurde, ihre Gesichter, in denen mehr als ein Messer seine Spuren hinterlassen hatte. Nicht einmal der Kapitän schien mir ganz astrein zu sein. Hier ist absolut keine Hexerei im Spiel, sagte ich mir. Bei diesen Kerlen, da verschwindet doch jeder!

Nun, was man angefangen hat, muss man auch zu Ende bringen, und so erledigte ich die mir zugeteilten Aufgaben. Viel war das nicht, denn das Leben an Bord der Pontons ist ruhig; sie liegen ihr Leben lang vor Anker, drehen sich um ihre Ketten, die Nase stets im Wind. Gearbeitet wurde nur, wenn ein Schiff anlegte, um Waren abzuladen oder an Bord zu nehmen. Die übrige Zeit verbrachte ich damit, kleine Brigantinen zu schnitzen oder leckere Seebarsche und Muscheln aus dem Meer zu fischen.

Ich untersuchte das Pontonschiff von Heck bis Bug; es war einmal ein wunderschönes Schiff gewesen. Wände und Decke der Messe waren mit Schnitzwerk versehen, Stühle und Tische aus Mahagoni und Zedernholz, die Handläufe der Aufgänge waren mit Schlangen verziert, es gab Einlegearbeiten aus massiver Bronze, mit einem Wort, den ganzen Reichtum der alten Schiffe. Den größten Eindruck jedoch machte mir die Galionsfigur, als ich sie einmal von einem Boot aus sah.

Sie stellte eine Nymphe dar; Gesicht und Körper so makellos wie von einer Jungfrau, die wundervollen Arme ausgebreitet, als wolle sie das ganze Meer umschlingen, die Flossen an die beiden Bordseiten geschmiegt … wie eine Erscheinung, die Figur, und weiß wie Marmor.«

Eine jähe Bö ließ ein paar Segel flattern, und es klang wie gewaltige Paukenschläge. Der Maat blinzelte zum Horizont. »Sieht aus, als wollte es kühl werden«, sagte er und setzte seine Erzählung fort.

»Wir hatten ein paar Stürme an Bord der *Leonora,* nichts Ernstes aber und nichts Gefährliches. Dann kam der Winter. Berge, Stadt und Küste wurden weiß, die Stürme ließen nach, und alles wurde so still und kalt, als wäre es aus Glas. Ihr werdet schon noch sehen, wie merkwürdig das Land dort unten ist!

An Bord passierte nichts Ungewöhnliches, ab und zu gingen wir an Land, und wir vergaßen sogar die Geschichten, die über die *Leonora* in Umlauf waren.

Der Juli kam; das ist der Monat, in dem es um vier Uhr nachmittags dunkel wird und morgens um neun Uhr hell. Die Nächte waren lang und eintönig, und das Leben an Bord des Pontons wurde immer ereignisloser. Es ist nicht gut, wenn ein Mann nichts zu tun hat; und solange er seinen Platz auf der Welt noch nicht gefunden hat, soll er in Bewegung bleiben, bis er ihn findet. Dafür ist die Erde rund und gehört allen«, sagte der Maat.

»Faulheit und Nichtstun brachten mich auf dumme Gedanken, und manchmal lag ich nächtelang wach, hörte, wie der Wind um die Masten dieses Totenschiffs pfiff, das in früheren Zeiten aufgetakelt war wie unsere geliebte *Chancha*. Der Schlaflosigkeit folgten die Albträume, ich wurde so verdrießlich, dass ich mit keinem Menschen mehr redete.

Da beschloss ich, meinen Vertrag zu kündigen und vierzehn Tage später an Land zu gehen.

Eines Nachts, nachdem frischer Schnee gefallen war, kam der Mond hervor, und alles war so still und klar wie Kristall, dass man sich in eine andere Welt versetzt fühlte. Ich machte einen Spaziergang über Deck und ging dann in meine Kajüte zurück. Ihr braucht euch nicht zu wundern; wir hatten jeder unsere eigene Kajüte. Es gab ja genügend leer stehende Kajüten auf dem Schiff; und meine hatte ehemals einem Ersten Steuermann gehört.

Ich blies meine Kerze aus, denn das war das einzige Licht, das wir im Schiffsinnern benutzten, und legte mich in meine Koje. Ich würde nicht sagen, dass ich eingeschlafen bin; eher befand ich mich in einer Art Wachzustand, in dem man träumt und Dinge sieht, die man für wirklich hält.

Und plötzlich merkte ich, dass meine Tür vorsichtig geöffnet wurde. Eine weiße Gestalt trat in mein Zimmer. Zuerst dachte ich, es sei das Mondlicht; doch dann sah ich die Gestalt die Tür schließen und so leuchtend weiß wie ein Elmsfeuer mitten im Raum stehen.

Ich habe mich immer mehr vor den Dingen dieser Welt als vor denen der jenseitigen gefürchtet, vor den Lebenden mehr als vor den Toten, und da mir die Gestalt ganz nach einer Erscheinung aussah, blieb ich unbekümmert liegen und wartete ab, was kommen würde. Die Gestalt kam langsam näher. Sie trug ein langes weißes Gewand; ihr Gesicht war das einer schönen Frau, das ich nie vergessen werde. Mit der Hand machte sie mir Zeichen, ihr zu folgen. Da ich mich nicht entschließen konnte, ergriff sie meinen Arm, und, ich weiß nicht, ich fühlte mich hingezogen zu diesem wunderschönen Wesen und folgte ihm, wie man vertrauensvoll mit einem Kind geht.

Wir gingen über das verschneite Deck zum Bug und stiegen durch das Luk in einen Lagerraum hinab. Sie ging voraus und hielt mich an der Hand. Am Ende des Bunkers machte sie sich in einer Ecke zu schaffen, die immer voller Spinnweben hing, und öffnete eine Tür, die ich bisher noch nie gesehen hatte. Über eine schmale Treppe stiegen wir bis zur Kielschwelle hinunter, von dort tasteten wir uns bis zum Vordersteven vor. Die Dunkelheit wurde von dem Glanz, der von der Gestalt ausging, ein wenig aufgehellt, und in diesem unwirklichen Schein deutete sie auf ein großes rostiges Vorhängeschloss, das an zwei Eisenringen hing.

Danach gingen wir denselben Weg zurück, den wir gekommen waren. Auf Deck angekommen, zog sie mich zur Bugklüse hinüber. Ich wollte sie fragen, was sich hinter dem riesigen, im Lauf der Jahre rostig gewordenen Vorhängeschloss befand, wohin sie mit mir ging und noch vieles mehr; aber meine Zunge war wie gelähmt, und eine geheimnisvolle, unwiderstehliche Anziehungskraft zwang mich, ihr zu folgen.

Wir gingen an der Klüse vorbei und kletterten auf den Bugspriet, ich immer an ihrer Hand und mit einer Sicherheit, die der beste Schiffsjunge auf dem Klüverbaum nicht hat.

Als wir schon fast an der Spitze angekommen sind, höre ich einen Schrei: ›He, Escobedo!‹

Etwas Merkwürdiges ging in mir vor. Ich wandte mich um und sah den Kapitän der *Leonora,* in seine Winterjacke gehüllt und mit einem Gewehr in der Hand.

Doch kaum war ich seiner ansichtig geworden, verlor ich den Halt, taumelte und stürzte in die Tiefe. Ich konnte mich gerade noch an ein Spannseil klammern und baumelte wie ein Affe in der Luft.

Was ich dann sah, werde ich nie mehr vergessen können. Es war grauenhaft. Wäre ich nur ins Meer gefallen! Meine Haare sträubten sich bei dem Anblick, und ich schrie: ›Das ist sie!‹

Da war sie und starrte mich an – dieselben Augen, dasselbe Gesicht, dieselben Hände, die mich durch das Schiff geführt hatten – die Galionsfigur unter dem Bugspriet. Sie war die Erscheinung!

›Sie sind wohl irre geworden, Escobedo!‹, sagte der Kapitän, als er mich wieder an Deck hatte.

›Ich weiß nicht, ob es Traum war oder Wirklichkeit, Kapitän. Ich bin kein Schlafwandler, aber ich schwöre Ihnen, dass ich sie gesehen habe. Es war die Galionsfigur! Wenn Sie nicht gerufen hätten, läge ich jetzt – mit ihr oder ohne sie – bei den Fischen und Seeigeln. Ich war wohl an der Reihe, aber Sie haben mir das Leben gerettet‹, sagte ich zum Kapitän der *Leonora,* nachdem ich ihm die seltsame Geschichte erzählt hatte.

›Genehmigen wir uns erst mal einen Gin‹, antwortete der Mann und fuhr dann fort: ›Ich hörte Schritte an Deck und dachte, ein Boot mit Ganoven hätte den Ponton überfallen. Ich griff mir meine Winchester und wollte gerade die Männer wecken, als ich Sie mit ausgestreckter Hand, als erwarteten Sie, dass jemand sie ergriffe, an der Klüse vorbei zum Bugspriet gehen sah. Er hat wahrscheinlich eine Angel ausgeworfen, dachte ich mir, doch dann sah ich Sie wie einen Schlafwandler über den Klüverbaum marschieren und habe Sie angerufen, bevor Sie ins Wasser fielen.‹

Am Morgen berichtete ich meinen Kameraden, was ich erlebt hatte, und sie sahen mich an, als hätte ich den Verstand verloren. Doch dann kam der Kapitän und bestätigte meine Geschichte.

›Sehen wir nach, ob wir den Bunker und die Tür mit dem Vorhängeschloss finden!‹, sagte ich.

Wir stiegen in die Lagerräume hinunter, und ich entdeckte die geheimnisvolle Tür, aber immer noch mit Spinnweben verhangen, als sei sie nie geöffnet worden.

›Dies ist die Tür!‹, rief ich.

Alle machten ein erstauntes Gesicht, denn keinem von ihnen war die Tür je aufgefallen. Wir kletterten die Leiter zur Kielschwelle hinunter, genau wie ich es mit dem Gespenst getan hatte.

Im Schein unserer Laterne sahen wir ein paar alte Teertonnen, in denen der Teer hart wie Stein geworden war. Unter großem Kraftaufwand gelang es uns, sie zur Seite zu schieben, und dann sahen wir die kleine Tür, die mit dem riesigen Vorhängeschloss versperrt war.

Mit einem Brecheisen sprengten wir das alte Schloss, und unter heftigem Zerren gelang es uns, die eingerostete Tür zu öffnen.

Der Kapitän und ich krochen auf allen vieren hinein und fanden uns in einem Kabuff direkt auf dem Kiel vorn unter dem Bug, ähnlich einer Pilotenkanzel.

›Sehr sonderbar, das Ganze‹, murmelte der Kapitän der *Leonora,* während ich die Laterne hob, um die Kammer auszuleuchten.

Auf dem Boden entdeckten wir ein kleines Bündel, und als ich danach griff, zerfiel etwas zwischen meinen Fingern, so wie die verdorrte Rinde von abgestorbenen Bäumen.

Bei näherem Hinsehen stellte es sich als eine verweste Leiche heraus, anscheinend die einer Frau, von modrigen Stoffresten umhüllt, die einmal ihre Kleider gewesen sein mochten. Der Schädel war das Einzige, was noch einigermaßen erhalten war.

Sonst gab es in dem Kabuff nichts zu entdecken, und als wir uns, noch ganz beeindruckt von dem Fund, schon zurückziehen wollten, bemerkte ich so etwas wie ein Papier in der Nähe der Leiche.

›Moment mal!‹, rief ich und nahm es an mich.

Es war tatsächlich ein schon ganz brüchig gewordenes Stück Papier, auf dem wir lesen konnten:

Ich bin in die Hände eines grausamen Mannes gefallen, der Rache nehmen will. Er wollte mir das Geheimnis der Perlmuschelbänke entreißen, die sich nördlich des Kaps Anan-Aka befinden, indem er mir zuerst seine Hand anbot und mir alles schenkte, was er besaß, sogar dieses Schiff, in dessen Bug er eine Galionsfigur nach meinem Ebenbild schnitzen ließ, und mich dann den schrecklichsten Foltern unterwarf, bis er mich schließlich in dieser finsteren Zelle einsperrte. Ich hasse ihn, weil er meinen Vater getötet und unsere Fischerboote zerstört hat. Ich weiß, dass ich nur noch kurze Zeit zu leben und viel zu leiden haben werde, doch da ich meinen Vater nicht mehr rächen kann, werde ich das Geheimnis der Perlenmuscheln mit ins Grab nehmen. Ein ewiger Fluch soll sich auf Childrake legen, auf sein Schiff, das meinen Namen und meine Figur an seinem Bug trägt, auf die Besatzung und auf alles, was sich an Bord bewegt.

Leonora Bruce – 13. VI. 1863

Wir übergaben den Zettel den Hafenbehörden. Die Reste des Leichnams wurden an Land geholt. Der Kapitän der *Leonora* hatte genug von der Galionsfigur, ließ sie vom Bug abschlagen und warf die Stücke ins Meer.

Auf dem Friedhof von Punta Arenas steht in einem entlegenen Winkel ein Kreuz, das mitleidige Hände dort aufgerichtet haben, und die Inschrift darauf lautet: Leonora Bruce. Und wo normalerweise Geburts- und Sterbedatum stehen, finden sich zwei in Klammern eingefasste Fragezeichen (¿?).

Jedes Mal wenn ich in diesen Hafen komme, gehe ich zum Friedhof, besuche das Kreuz, frage die Leute, ob in letzter Zeit einer von der Mannschaft der *Leonora* verschwunden ist, und sie antworten mir, nein, schon seit Jahren nicht mehr«, beendete der alte Schiffszimmermann seine Geschichte.

Am südwestlichen Horizont türmten sich Wolken auf, der Pfiff eines Ausbildungsoffiziers gellte über Deck, und die Schiffsjungen eilten neuen Aufgaben zu.

Sturm auf hoher See

Segel in den Wind! Segel in den Wind!«

Der energische Befehl wurde von verschiedenen Stimmen von Heck bis Bug wiederholt, und eine Bewegung von Männern und Tauen wogte über die Korvette mit ihren dreihundertundeinem Mann Besatzung.

»Das Barometer fällt immer noch!«, rief Kapitän Calderón, der auf der Kommandobrücke hin und her lief.

»Und bei Einbruch der Dunkelheit werden wir auf der Höhe von Kap Tres Montes sein«, sagte Leutnant Martínez, der Navigationsoffizier. Die Korvette kreuzte schon mitten im Südmeer, wo die See ungewöhnlich rau ist und die Stürme Orkanstärke erreichen.

Das Gespräch zwischen Kapitän Calderón und Leutnant Martínez fand statt, als an Backbord der *Baquedano* gerade der mächtige Kopf jener unwirtlichen Landzunge ins Blickfeld geriet, die sich vor dem Golf von Penas in den Pazifik schiebt: die Halbinsel Taitao.

Die Korvette hielt aufs offene Meer und bäumte sich gegen eine steife Brise aus Südost, die in dieser Gegend ganz ungewöhnlich war und Sturm verhieß.

Die Großsegel waren eingeholt worden, und man fuhr nur mit den Klüvern, den Besan- und den Stagsegeln.

»Heute wirst du die *Chancha* mal richtig tanzen sehen«, sagte ein Matrose zu Alejandro und rieb sich in Vorfreude die Hände.

Der Junge hatte zwar schon ein paar kleinere Unwetter miterlebt, doch als ihm Kälte und zunehmende Böen sagten, dass sie in stürmischere Regionen vorgedrungen waren, erwartete er den großen Sturm mit einiger Beunruhigung.

Die Obermaate waren mit den erfahrensten Matrosen von Heck bis Bug unterwegs, um Kabel zu vertäuen, Blockrollen zu schmieren und alles von Deck zu räumen, was hinderlich sein konnte, sowie Schoten und Taue für schnelle Manöver zurechtzulegen. Ein Schiff, das gefechtsklar gemacht wurde, konnte nicht besser vorbereitet sein.

Und so etwas wie eine Seeschlacht schien anzustehen, denn Kapitän Calderón hatte Stiefel und Ölzeug angezogen und seinen Südwester aufgesetzt. Die Mannschaft wusste Bescheid: Wenn der alte Seebär seinen luxuriösen Kabuff in dieser Aufmachung verließ, hatte er den Sturm in der Nase.

Trotz aller Geschicklichkeit und allen Sachverstands, mit der die *Baquedano* durch die raue See manövriert wurde, machte sie gegen den verteufelten Südostwind nicht viel Fahrt. Die Küste der Halbinsel ist steil und unwirtlich, und das Meer ist dort zu tief, um zu ankern.

»Wir müssen an Kap Tres Montes vorbeikommen, das ist das Entscheidende. Wenn der Sturm dann noch stärker wird, drehen wir in den Golf von Penas ab und suchen an der Nordküste einen Ankerplatz«, sagte der Kapitän in dem leutseligen Ton, der ihn mit seinen Leuten verband, wenn er Schulter an Schulter mit ihnen gegen die Gefahren des Meeres antrat.

»Kap Tres Montes passieren«, bestätigte der Wachoffizier.

Das Essen wurde aufgetischt, so gut es ging. Kein Mensch dachte daran, vom Teller zu essen. Die Matrosen löffelten Suppe, Bohnen und Bratfleisch direkt aus den Töpfen, während das Schiff von Backbord nach Steuerbord tanzte.

Auf einem Schiff hält sich die militärische Disziplin mit Strammstehen, Grüßen und alldem in Grenzen. Bei Sturm ist es schlicht unmöglich, dass der Maat vor seinem Leutnant Haltung annimmt, weil dies beiden das Leben kosten könnte. In solchen Fällen gilt an Bord eine andere Disziplin: die Disziplin des Herzens, des Mutes und der Vernunft. Hier wird ein Mann allein nach seinen Qualitäten beurteilt.

»Wenn das so ein großer Sturm wird, warum holen wir dann nicht alle Segel ein und fahren nur mit Motorkraft?«, fragte ein Schiffsjunge.

»Halt den Mund, du Narr! So was sagt kein Matrose der *Baquedano*!«, wies ihn ein anderer zurecht und erklärte: »Der Befehl lautet, bis zum Messier-Kanal zu segeln; und dieser Befehl wird befolgt, so lange es geht.«

Die Nacht sank herab, und ihre Schatten waren schwärzer als in den Nächten zuvor.

»Das Barometer fällt immer noch, Herr Kapitän«, meldete der Navigator.

»Macht nichts. Stärker als der Taifun, den wir in Japan hatten, wird dieser auch nicht werden. Wir müssen nur Kap Tres Montes erreichen«, erwiderte der Kapitän.

Die Nacht wurde stockfinster. Der Regen verwandelte sich in einen Wolkenbruch.

Alles wurde vertäut und verriegelt. Kein außergewöhnliches Geräusch deutete auf ein offen stehendes Luk, ein loses Kabel oder eine rutschende Tonne hin. Es schien, als hätte das Schiff all seine losen Teile zusammengerafft und presse sie an seinen Körper, um sich so solider, geeinter und leichter zu fühlen und den Kampf mit seinem ewigen Gegner aufnehmen zu können: dem Meer.

»Alles in die Kojen und Ölzeug bereithalten, nur die verstärkten Wachen bleiben an Deck!«, befahl der Kapitän.

Im Zwischendeck gingen die Seeleute in ihre Kojen. Die altgedienten Fahrensleute zogen sich aus, wie sie es immer taten, und einige schnarchten schon bald, als lägen sie in der stillsten aller Buchten vor Anker. Die Schiffsjungen waren verängstigt; einige legten sich in ihrem Ölzeug zur Ruhe, andere versuchten es den schnarchenden Seebären gleichzutun und entkleideten sich, wälzten sich dann aber ruhelos in ihren Hängematten.

»Schlaft, Kinder! Wenn die *Chancha* absäuft, landen wir wenigstens schlafend bei den Tintenfischen!«, rief einer.

»Heute Nacht gibts bestimmt keine ›drei Haufen steuerbord‹, Freund Silva«, sagte ein anderer Schiffsjunge.

»Und keine Klamotten über Bord zu werfen«, entgegnete Alejandro, womit er sich auf die bekannte Faulheit seines Kameraden bezog, der seine schmutzige Wäsche, anstatt sie zu waschen, mit einem Seil zusammenband und über Bord warf, damit sie vom Meer gewaschen wurde; ein Vorgehen, das ihm schon mehr als einmal einen Verweis eingetragen hatte.

»In dieser Nacht wird es wohl weder ›Toppgast‹ noch ›Davit-Wachen‹ geben«, ließ sich ein anderer vernehmen, »heute Nacht wird jede Hand an den Schoten gebraucht.«

»Heute sind an Bord alle gleich«, rief ein junger Matrose, der viel in Büchern las.

»He, du, warum bist du nicht auf der Brücke und bläst zur Nachtruhe?«, fragte jemand, als der Hornist hereinkam.

»Ja, geh los und blas dem Wind was, damit er zu röhren aufhört und ins Bett geht!«

»Der pustet sie dir aus der Hand«, meinten einige.

Der Hornist hielt sich an einer Eisenstrebe fest, führte das Instrument an seine Lippen und versuchte ein leises Ruhesignal zu blasen, brachte jedoch nur einen kreischenden Misston heraus.

»He, hör auf, so einen Lärm zu machen!«, rief einer, der von dem Hornsignal aufgeweckt worden war.

Es war Punkt einundzwanzig Uhr, als man im Zwischendeck keinen Laut mehr hörte.

An Deck regierten der Sturm und die Wellen. Die gefährlichsten Posten waren mit erfahrenen Matrosen besetzt, die Schiffsjungen hielten sich in Reserve. Ein paar Männer waren auf Anweisung des Kapitäns an den Masten oder wo sie sonst eingeteilt waren, festgebunden worden.

Das Kreuzen war mühsam und nahm viel Zeit in Anspruch. Zwischen den Manövern jagte die Korvette mit hoher Geschwindigkeit durch die Wellen, auf westlichem Kurs nach Backbord krängend und nach Steuerbord, wenn sie sich auf östlichem Kurs befand. Die Wachmannschaften duckten sich, so gut es ging, vor den Brechern, die übers Deck spülten.

Es sah nicht danach aus, als würde der Sturm nachlassen; eher war das Gegenteil der Fall. Er schien heftiger zu werden.

Kapitän Calderón trat persönlich auf die Brücke in das Unwetter hinaus, um über Megafon seine Befehle hinauszubrüllen. Er sah wie ein richtiger Seelöwe aus, massig und glänzend in seinem gischtbesprühten Ölzeug.

Die Offiziere schauten unruhig auf ihre Uhren, wussten sie doch, dass Stürme alle vier Stunden nachlassen oder auffrischen.

Im Zwischendeck schliefen jetzt auch die alten Seeleute nicht mehr; das Licht war eingeschaltet worden, und die Männer hielten, mit ernsten Gesichtern, ihre Augen starr an die Decke gerichtet. Die Korvette schien aufzustöhnen; ihre Flanken knarrten, als wollten gewaltige Kräfte sie zerquetschen wie ein Ei.

Die Jungen, das heißt, die Schiffsjungen, rissen jedes

Mal mit ängstlicher Miene ihre Münder auf, wenn ein Brecher gegen die Seite donnerte und das arme Schiff in Stücke zu reißen drohte.

Das Tosen des Meeres kam von allen Seiten: von oben, von unten, von den Seiten, selbst vom Deck herab, wo man die Brecher gegen Masten und Aufbauten schlagen hörte.

Einige der Schiffsjungen zitterten, wenn ein besonders heftiger Schlag das Schiff erschütterte, und fragten sich furchtsam, ob sie noch auf dem Wasser segelten oder bereits unter Wasser.

Plötzlich erloschen die Lichter, und das Entsetzen nahm noch zu.

Alejandro, der sein Ölzeug anbehalten hatte, setzte sich in seiner Hängematte auf und blickte um sich. Alles lag im Halbdunkel, es war grausig, alle waren wach und lauschten aufmerksam, doch keiner sprach ein Wort.

Das Licht ging wieder an. Der Junge erinnerte sich an die Worte eines Matrosen, der ihm einmal gesagt hatte: »Auf See, wenn der Tod dir nahe kommt, musst du die Augen aufhalten und ihn direkt anschauen; dann macht er dir keine Angst. Es ist, als würdest du vom Boot auf den Kai springen. Darum ist ein Schiffbruch mit einem Boot auch längst nicht so grässlich wie mit einem Dampfer. Im Boot stehst du dem Tod Auge in Auge gegenüber; man möchte am liebsten aufstehen und an seinem Arm in die Wellentäler hinausmarschieren. Auf einem Ozeandampfer aber gibt es so viele Bauten, so viel Lärm und Getute, und der Tod kündigt sich mit einem so grauenhaften Brimborium an, dass man wahnsinnig geworden ist, wenn er endlich kommt. Je größer das Schiff, desto schrecklicher der Schiffbruch.«

Mit einem Mal hob sich das Zwischendeck in eine bisher nie erreichte Höhe und sauste dann kopfüber nach unten, ein dumpfer Schlag ließ den Schiffsrumpf dröhnend erzittern, und dann verharrte er still, schwankend wie ein keuchendes Tier am Rand eines Abgrunds.

Die Hängematten schlugen an die Decke des Zwischendecks, ein oder zwei Männer stürzten zu Boden, und in einer Ecke des riesigen Raums erscholl ein schriller Entsetzensschrei.

Alejandro schlug das Herz bis zum Hals, als wolle es ihm durch den Mund entweichen. Er presste die Fäuste so fest zusammen, dass die Fingernägel ins Fleisch seiner Handballen drangen, die Augen hielt er weit aufgerissen und wartete, erwartete den Tod, aber nicht von Angesicht zu Angesicht, wie der Seemann ihm erzählt hatte ...

Die *Chancha* jedoch war noch durchaus lebendig und zeigte sich entschlossener denn je, den Kampf mit dem Meer zu Ende zu führen. Tatsächlich hatten drei große Wellen sie bei einem halsbrecherischen Manöver erwischt, und nur wenig hatte gefehlt, dass sie dem Anprall nicht mehr standgehalten hätte und gekentert wäre.

»Das war eine Halse durch den Wind; sieht aus, als ob es ernst ist«, sagte nach einer ganzen Weile ein Matrose.

»Klüver und Stagfocks sind beim Wenden bestimmt unter der Brise durch, und das Schiff ist aufgelaufen«, meinte ein anderer.

»Durch den Wind zu wenden ist immer angeraten, weil sonst das Schiff zu viel Fahrt verliert. Kapitän Calderón ist ein guter Seemann; er würde bei einem Wendemanöver nie dem Wind den Hintern zeigen«, bestätigte ein alter Seebär.

»Wachablösung!«, schrie ein Obermaat durch das Luk ins Zwischendeck hinunter.

Es war gegen vier Uhr morgens. Die Matrosen und Schiffsjungen, die ihre Kameraden abzulösen hatten, legten ihr Ölzeug an und stiegen in Grüppchen an Deck. Alejandro gehörte zur Fockmastwache.

Sie warteten den nächsten Brecher ab und rannten an ihre Plätze. Der Junge war mit zwei Kameraden an den Schoten eingeteilt.

Das Schauspiel an Deck war nicht weniger grauenvoll als im Zwischendeck. Das Schiff erklomm wahre Wellengebirge. Der Südpazifik hatte eine seiner entfesselten Nächte, und nur große Seeleute konnten eine solche Herausforderung annehmen.

Die kleineren Brecher nahm das Schiff mit Leichtigkeit und ohne Fahrt zu verlieren, doch wenn die charakteristischen drei aufeinander folgenden großen Brecher kamen, wurde es spürbar langsamer, der Bug wurde schräg gegen die Wellen gesteuert und brach dann durch, wobei die letzte sich über das Deck ergoss und es von Bug bis Heck überschwemmte. Das war der gefährlichste Augenblick, und die Schiffsjungen klammerten sich an den Planken fest, um nicht über Bord gespült zu werden.

Eine schlimme Nacht. Der Mensch wird zu einem zerbrechlichen Spielzeug der Elemente, und nur sein Heldenmut hindert ihn, sich vorzeitig einem Tod zu ergeben, mit dem er sich schon abgefunden hat.

»Wenn wir das noch dreimal überstehen, könnten wir Tres Montes hinter uns bringen!«, sagte der Kapitän mit Blick auf seine Armbanduhr.

»Zum Abflauen ist es zu spät. Sieht eher danach aus, dass es noch schlimmer wird!«, rief der Wachoffizier.

»Die Windrichtung bleibt stabil!«, meldete der Navigator.

Die Korvette jagte unter Bocksprüngen dem offenen Meer zu, trotz der Gefahr sicher in ihrem Element.

Alejandro, der längst durch und durch nass war, stellte fest, dass es besser war, draußen der Gefahr ins Auge zu blicken, als im Zwischendeck eingesperrt zu sein.

Plötzlich gellte ein Pfiff über Deck, eine Kommando-stimme durchdrang die Wellen und den Sturm: »Bereit machen zum Halsen durch den Wind!«, rief der Obermaat, der die Fockmastwache befehligte.

An allen Masten gingen die Männer in Bereitschaft.

»Halse durch den Wind!«, gellte eine Stimme.

»Steuerbord Schoten anziehen!«

Ein Kommando jagte das andere. Die Mastwachen holten die Schoten bei oder lockerten sie, die Korvette gab dem Wind ein bisschen mehr Heck und nahm Geschwindigkeit auf.

Auf dem Höhepunkt dieses Rennens rief der Kapitän auf der Kommandobrücke: »Steuer hart nach Backbord!«

Und zwei Rudergänger stemmten sich mit aller Kraft in die Speichen des Steuerrads, bis das Schiff sich in die befohlene Richtung drehte.

»Backbord Schoten anziehen!«, hallte der Befehl an den Masten.

Die *Baquedano* schob ihren Bug in den Wind, bremste ihren Flug durch die Wellen abrupt ab, die Segel begannen zu flattern und zerrten an den Masten, als wollten sie sie umreißen. Das Schiff tanzte ohne Fahrt und daher auch ohne stabilen Kurs zwischen den hohen Brechern. Es war ein furchtbarer Augenblick, der gefährlichste Moment des Manövers. Plötzlich hörten Außenklüver, Klüver und Stagfock auf zu flattern, fingen den Wind von Steuerbord, das Tuch blähte sich, das Schiff drehte nach Backbord, die übrigen Segel füllten sich, und wieder ging es mit neuer Fahrt schräg gegen den Wind. Matrosen und Schiffsjungen strafften die Segelleinen und banden sie fest, dann duckten sie sich wieder auf die Decksplanken und warteten auf das Ende dieser Qual.

Alejandro hatte seine Meinung geändert und dachte jetzt, in der Hängematte im Zwischendeck zu sterben sei der Geißel dieser grausamen Nacht an Deck auf jeden Fall vorzuziehen. Nass bis auf die Knochen, begann die Kälte sich in seinen fünfzehnjährigen Körper hineinzufressen, und nach und nach geriet er in jenen Zustand der Entkräftung, der den größten Heldenmut und den zähesten Willen bricht.

Das Meer steigerte sich zur Raserei. Es war kein Ozean mehr, sondern eine Welt wahnsinnig gewordener Berge, die den Todesreigen tanzten. Der Sturm heulte und brüllte, und der Regen stürzte vom Himmel wie ein zweites Meer. Hin und wieder drang durch das Tosen von Wind und Wasser so etwas wie ein röhrender, schmerzender Klagelaut: Es war die Stimme des Orkans.

Die *Baquedano* fuhr bereits seit einer Stunde in dieselbe Richtung, als wieder der Pfiff ertönte, und die Stimmen erschollen: »Bereit machen zum Halsen durch den Wind!«

Dasselbe Manöver wie zuvor. Die Männer auf ihren Posten, die Leinen bereit.

Wieder bekam die Korvette mehr Segel, setzte zum Spurt an, und mitten im rasenden Lauf wurde das Ruder herumgerissen, drehte das Schiff diesmal nach Steuerbord ab. Dasselbe Flattern von Dreieck- und Rahsegeln, dieselben Brecher, die über den Bug hereinschwappten und das Schiff zum Kentern bringen wollten, dieselben entscheidenden Augenblicke im Angesicht des Todes.

Die Außenklüver fingen Wind, Klüver und Stagfock bläthen sich, und das Schiff begann sich auf die andere Seite zu legen, als am Hauptmast irgendwas nicht in Ordnung zu sein schien. Eine Rahe gehorchte nicht, hatte sich verkeilt, widersetzte sich dem Wind, brachte die prekäre Stabilität des Schiffes in Gefahr.

Der Sturm schien diesen Moment, in dem sein Gegner im Nachteil war, zu nutzen und legte noch zu. Das Schiff machte keine gute Fahrt. Das Tosen des Sturms war grauenerregend.

Plötzlich war ein Mann in den Wanten des Hauptmasts und kletterte wie ein Affe zur verkeilten Rahe.

Alle Mastwachen hielten den Atem an und verfolgten, so gut sie konnten, das Tun dieses tapferen Mannes.

Manchmal schwankte er und drohte ins Meer zu fallen, doch er wartete jedes Mal, bis er wieder sicheren Tritt fassen konnte, und kletterte ein Stück weiter.

Plötzlich wurde sein Gesicht in helles Licht getaucht. Der Kapitän hatte Befehl gegeben, die Rahe mit dem Suchscheinwerfer anzustrahlen.

Der Matrose erklomm den Mast nun etwas sicherer; er hatte ein edel geschnittenes Gesicht und stellte sich der Gefahr mit entschlossener Miene, ohne ein einziges Zögern.

Auch der Kapitän und die Offiziere starrten von der Brücke her gebannt auf das riskante Tun des Matrosen.

Alejandro hatte den Sturm ganz vergessen und klammerte sich mit beiden Händen fest, um nichts von der Tat dieses Mannes zu verpassen.

Jetzt hatte er die Rahe erreicht und zog ein Messer aus dem Gürtel, das im Scheinwerferlicht kurz aufblitzte, bevor er sich vorbeugte und eine dünne Segelleine durchschnitt.

Dann sah Alejandro, wie der Mann das Messer zwischen die Zähne nahm und die gekappte Leine ergriff; es dauerte jedoch nur eine Sekunde, bis der Mann den Halt unter den Füßen verlor, und dann hing er schlenkernd am Ende des Seils.

Der Anblick des Mannes, der mit dem Messer zwischen den Zähnen am Ende des Seils zwischen den Masten hin und her schwang, war überwältigend.

Er versuchte, sich an dem Seil hochzuziehen, als ein gewaltiger Brecher das Schiff auf die Seite drückte und eine Sturmbö zur gleichen Zeit das Rahsegel herumwarf. Die Leinwand traf ihn wie ein Fausthieb und schleuderte ihn hinab in die Nacht und die Wogen.

Der Ruf »Mann über Bord!« war genauso überflüssig wie der Mann mit dem Rettungsring auf dem Kastell.

Wie der Kapitän es vorausgesehen hatte, umfuhr die *Baquedano* nach dem dritten Kurswechsel das Kap Tres Montes und fuhr hart am Wind in den Golf von Penas ein, wo man einen Ankerplatz suchte, bis der Sturm sich legen würde.

Beim ersten Licht des heraufziehenden Tages gelang der Mannschaft mit einem glücklichen Manöver unter fast gänzlich gerefften Segeln die Einfahrt in die geschützte Bucht von Puerto Refugio im Norden des Golfes.

In dem natürlichen Hafen erwartete sie eine Überraschung: eine Walfangflotte, bestehend aus dem Mutterschiff und vier kleinen Harpunenbooten, wartete dort ebenfalls das Unwetter ab. Aber auch eine tragische Entdeckung harrte ihrer: die *Valdivia,* ein Transporter der Kriegsmarine, der Jahre zuvor auf einem versteckten Riff aufgelaufen war, hob sein Heck aus den Fluten, als wolle er seinen Flottenkameraden als traurige Warnung dienen.

Auf dem ersten Teil ihrer Fahrt hatte die Korvette einen Sohn zu viel an Bord gehabt, hatte dann jedoch einen anderen Sohn verloren. Jetzt vermerkte das Logbuch wieder dieselbe Mannschaftsstärke wie am Tag des Auslaufens in Talcahuano: dreihundert Mann.

Walfang

Ein strahlender Tag zog herauf. Die Bucht von Puerto Refugio ist von hohen Bergketten umgeben und so vor Winden aus allen Richtungen geschützt. Moose und ein paar verkrüppelte Südbuchen bilden die einzige Vegetation auf den Hängen.

Der Sturm hatte sich verzogen, und die einzige Erinnerung an ihn waren ein paar weiße Wattewolken, die an den hohen Gipfeln zerfransten.

Mitten in der Bucht lag die *Baquedano* wie ein durchnässtes Tier, wie ein schweißglänzendes Pferd nach kilometerlangem Galopp. Die Segel baumelten feucht und schlaff wie hängende Arme von den Masten herab; am Bug lagen die Focksegel zum Trocknen ausgebreitet und sahen aus wie Taschentücher, mit denen man Fiebernden die Stirn kühlt.

Das arg mitgenommene Schiff war von dem Sturm, den es in der Nacht überstanden hatte, schwer gezeichnet.

An Deck waren Offiziere und Besatzung damit beschäftigt, die Sturmschäden auszubessern.

»Die *Chancha* hält sich wie eine Boje auf dem Meer«, sagte Alejandro, während er einem Kameraden half, eines der Focksegel auf dem Kastell auszubreiten.

»Sie ist ja fast eine«, antwortete dieser. »Sie hat einen dreifachen Boden; zuerst den eisernen Rumpf, dann eine dicke Schicht von wasserdichtem Spezialholz, hart und leicht wie Kork, und darüber eine Lage Kupferblech, damit kein Holzwurm sich durchfrisst. An einem Stück geht dieser Kahn nicht unter«, sagte der Schiffsjunge.

»Bevor nicht alle Ausbesserungsarbeiten abgeschlossen sind, stechen wir nicht in See; und das kann bis übermorgen dauern«, warf ein anderer ein.

Das Gespräch der Schiffsjungen wurde von einem Hornsignal unterbrochen. Es rief zum Appell und zum Verlesen des Tagesbefehls. Die gesamte Besatzung, vom Offizier bis zum Schiffsjungen, trat auf Deck an.

Ein Maat aus der Schreibstube las den Namen eines jeden Besatzungsmitglieds vor, dieses nahm Haltung an und rief als Antwort: »Hier!«

Nachdem der Maat bereits mehr als die Hälfte der Namen aufgerufen hatte, sagte er: »Erster Matrose Juan Bautista Cárcamo.«

Stille legte sich über das Deck, dann antwortete eine ernste Stimme laut und deutlich: »Im Dienst tödlich verunglückt!«

Eine seltsame Regung kroch über die Gesichter der dreihundert Männer; manches Paar Augen schaute zur Trikolore hinauf, die am Besan auf Halbmast flatterte, und mancher Kopf senkte sich, gebeugt von einem Gefühl, das tief aus dem Herzen kam.

Alejandro sah wieder den Matrosen vor sich, wie er mit blitzendem Messer zwischen den Zähnen in der Nacht und dem Ozean verschwand, und ein neues Gefühl drang in seine Brust: ein Gefühl der Solidarität, des Einsseins mit den zweihundertneunundneunzig Männern dieses Schiffs. In der Erinnerung an den toten Kameraden, an seinen Mut waren sie alle eins.

Der Maat fuhr mit seinem Appell fort.

Als er ihn beendet hatte, begann er mit dem Verlesen des Tagesbefehls. Nachdem er die Verfügung der Arbeiten und Ausbildungsübungen des Tages bekannt gegeben hatte, kam er zum folgenden Absatz, kurz und knapp, wie er für die Sprache der Seeleute typisch ist: »Erster Matrose Juan Bautista Cárcamo stieg um 04.45 Uhr morgens in die Wanten des Hauptmasts, um eine Segelleine zu kappen, die sich während des Sturms in einer Rahe verfangen hatte und das Schiff in eine gefährliche Lage zu bringen drohte. Nachdem ihm dies gelungen war, verlor er den Halt und stürzte ins Meer. Er starb in Erfüllung seiner Pflicht.«

Der Kapitän unterbrach die Verlesung des Tagesbefehls und ergriff das Wort: »Halten wir eine Schweigeminute ab für den mutigen Seemann!«

»Achtung! Stillgestanden!«, befahl der Zweite Offizier. »Hornist, Ruhe blasen!«

Der klagende Ton des Ruheblasens schlug von den Bergwänden der Bucht zurück; die dritte Note, hoch und lang gezogen, erstarb wie ein Todesseufzer, und die dreihundert Männer hatten Haltung angenommen, in Reih und Glied, den Blick verloren in der endlosen Weite des südlichen Meeres.

Einigen Schiffsjungen liefen dicke Tränen über die Wangen.

Alle standen erhobenen Hauptes an Deck, nur der alte Schiffszimmermann Escobedo nicht, der mit gesenktem Kopf ganz außen stand und in tiefer Trauer das Meer betrachtete, wie einer, der vor einem offenen Grab steht. Er dachte darüber nach, wie oft er schon so dagestanden hatte, auf anderen Meeren und Breitengraden, doch an Bord desselben Schiffes, Abschied genommen hatte von anderen verschwundenen Kameraden.

Der Tag und die Mannschaft verliefen sich in Ausbesserungsarbeiten und der Muschelsuche in Booten, und eine Abteilung Kadetten und Schiffsjungen, unter dem Befehl eines Offiziers, nahm auf Einladung der Walfänger an einer Fangfahrt teil.

Zuerst begrüßten sie den Kapitän des Mutterschiffs *Indus I,* auf dem die Wale zerlegt und in großen Kesseln gesotten wurden, um das Fett auszulassen. Danach verteilten sie sich auf zwei der vier Fangschiffe, die *Chile* und die *Norwegen,* die an diesem Morgen auf Fang gehen sollten.

Die Matrosen der norwegischen und der chilenischen Mannschaft schenkten ihnen Pfeifen und Zigarettenspitzen aus Walknochen und auch noch andere herrliche Elfenbeinschnitzereien, die sie in ihrer Freizeit angefertigt hatten.

Alejandro gehörte zu jenen, die der *Norwegen* zugeteilt wurden; einem seltsam geformten kleinen Dampfer unter dem Befehl eines stämmigen Norwegers mit der Figur eines Flusspferds. Als er an Bord kletterte, sah er auf den Walen, die am Mutterschiff festgemacht waren, Männer umherstapfen, die Schuhe mit Nägeln in den Sohlen trugen, damit sie auf der glitschigen Walhaut nicht ausglitten. Sie befestigten Taue an den Tieren, mit denen diese an Deck gehievt wurden, wo man sie zerteilte und die Stücke in die Kessel mit kochendem Fett warf.

Vier Schiffssirenen zugleich zerrissen die Stille von Puerto Refugio. Die dröhnendere und lautere des Mutterschiffs antwortete ihnen, und die vier eleganten schlanken Fangschiffe nahmen mit sechzehn Meilen pro Stunde Kurs aufs offene Meer.

Sie schwärmten fächerförmig aus. Zwei von ihnen hatten Verpflegung für drei bis vier Tage an Bord, die *Norwegen* und die *Chile* jedoch nur für einen Tag, an dem man den Männern der *Baquedano* Gelegenheit geben wollte, einen Walfang zu erleben.

»Das Wichtigste ist, die Wale zu finden«, erklärte ein Steuermann den Schiffsjungen und Kadetten. »Die Fangschiffe fahren für drei oder vier Tage auf See hinaus. Wenn sie Wale entdecken, wird zuerst nur gejagt. In jeden getöteten Wal wird ein Fähnchen mit dem Namen des Schiffs gesteckt; den toten Körper lässt man treiben, denn man könnte die Jagd unmöglich fortsetzen, wenn man sie hinter sich herziehen müsste.

Normalerweise erlegt jedes Fangschiff zwischen acht und zehn Wale. Manchmal schafft man das an einem Tag, manchmal braucht man vier Tage, um einen einzigen zu fangen. Problematisch wird es, wenn man in den Hafen zum Mutterschiff zurückkehrt und gar keinen Wal gefangen hat; wenn das passiert, muss man vor Scham sein Haupt verhüllen, bevor man an Bord geht«, sagte der Steuermann lächelnd.

Während die *Norwegen* volle Kraft voraus durch die Wellen glitt, wurde den Kadetten und Schiffsjungen auch die Bugkanone gezeigt, aus der, mittels einer Pulverladung, die Harpune abgeschossen wird, genau wie ein Projektil.

»Die Harpune ist ein etwa meterlanger und zwei Daumen dicker eiserner Pfeil«, erklärte der Steuermann weiter, »an dessen Spitze drei oder vier Widerhaken angebracht sind, die sich wie die Streben eines Schirms öffnen, sobald die Harpune ins Fleisch gedrungen ist und Zug auf die Fangleine kommt; das nennen wir Zündung. Der verwundete Wal taucht mit hoher Geschwindigkeit unter, und die Fangleine wickelt sich von einer Rolle im Bugbunker ab. Sie endet in einer starken Stahlfeder, die das heftige Reißen der letzten Todeszuckungen abfängt.«

Sie waren seit mehr als zwei Stunden unterwegs. Die *Norwegen* begann nun große Kreise zu ziehen, und ein Mann im Ausguck suchte das Meer ab.

»Schiffsjunge Silva sollte im Ausguck sein«, sagte einer, und alle lachten bei dem Gedanken an Alejandros erster Mastwache, als er die Wale nicht erkannt hatte.

Das Meer war etwas aufgewühlt und sah aus wie ein riesiges gepflügtes Feld. In der Ferne sah man die *Chile,* die ebenfalls ihre Kreise zog.

An Bord wurde ein gutes Essen aufgetischt.

»Unsere Freunde, die Wale, haben offenbar Angst vor euch«, sagte der dicke norwegische Kapitän in der engen Messe.

Dann, plötzlich, am Nachmittag, hörte man den allbekannten Ruf des Ausgucks: »Wal voraus!«

Die Mannschaft eilte auf ihre Posten. Der Kapitän übernahm selbst das Ruder; der chilenische Steuermann, der der Harpunier war, stellte sich an seiner Kanone auf, und die Gäste suchten sich die besten Plätze, um der Jagd zuzuschauen.

Plötzlich stiegen am Horizont mehrere Wasserfontänen in den Himmel.

»Sie kommen von der *Chile* herüber!«, rief der Kapitän.

Dann verschwanden die Fontänen.

Der Kapitän befahl volle Kraft voraus, warf das Steuer herum und richtete den Bug auf einen bestimmten Punkt, weit entfernt von der Stelle, an der die Fontänen zu sehen gewesen waren.

Der auf den europäischen Nordmeeren groß gewordene Seebär kannte seinen Beruf. Er sah die Wale abtauchen, und da er wusste, in welcher Richtung sie unter Wasser schwammen, kalkulierte er genau den Punkt, an dem sie wieder auftauchen mussten.

Die *Norwegen* fuhr mit mehr als sechzehn Meilen pro Stunde. Jedermann verharrte erwartungsvoll an seinem Posten. Allein das Meer blieb ungerührt, schien nicht wahrzunehmen, dass der Mensch im Begriff stand, ihm eines seiner prachtvollsten Kinder zu entreißen.

Plötzlich kam der Befehl, die Maschinen zu stoppen. Kein Geräusch war mehr an Bord zu hören, und der Kapitän, mit der Hand am Ruder, fuhr mit dem Schwung der vollen Fahrt einen behutsamen Zickzackkurs.

Mit einem Mal brodelte das Meer, wie von einer seltsamen Strömung aufgewirbelt, und etwas wie eine tiefschwarze Welle wölbte die Oberfläche des Wassers. Ihr folgte eine kleinere Welle direkt daneben, und vier Wasserfontänen spritzten hoch in den Himmel. Es war ein großer Wal und ein kleiner.

Das Schiff drehte sich um die Achse wie ein Pferd auf der Hinterhand, wenn der Reiter am Zügel reißt und dem Tier zugleich die Sporen gibt. Eine Detonation übertönte das Brodeln des Wassers, und der große Wal tauchte pfeilschnell nach unten.

Die Fangleine rollte sich nur ein kurzes Stück ab, und der Kapitän schrie wütend: »Sie haben ihn verfehlt, Harpunier!«

»Nein, Kapitän! Ich habe ihn mitten in die Seite getroffen!«, erwiderte der Harpunier bestimmt.

Die Sekunden vergingen in gespannter Erwartung.

Plötzlich erbebte das Fangschiff, und eine gewaltige Welle stieg an seiner Seite auf, schwappte über Bord und schlug gegen die Decksaufbauten.

Die Männer stürzten voller Entsetzen auf die andere Bordseite, und Kadetten wie Schiffsjungen wurden bis auf die Haut durchnässt.

Der verwundete Wal schlug wütend mit der Fluke gegen die Bordwand des kleinen Fangschiffs.

»Volle Kraft voraus!«, befahl der Kapitän, und die *Norwegen* löste sich von ihrem Angreifer.

Der Wal tauchte wieder, und diesmal rollte sich die Fangleine mit rasender Geschwindigkeit ab. Die *Norwegen* fuhr mit Volldampf in dieselbe Richtung: auf der Wasseroberfläche zeigte eine breite Blutspur den letzten Weg des Wals an.

Nach kurzer Zeit war die Trommel im Bugbunker abgerollt, und alles hing jetzt an der Stahlfeder, die den starken Zug des Wals dämpfte, der weit voraus in den letzten Zuckungen lag und damit die Wunde von der Harpune und ihren vier Widerhaken noch vergrößerte.

»So was passiert ganz selten«, erklärte der Harpunier den Schiffsjungen. »Normalerweise tauchen sie tief nach unten, wenn sie sich verwundet fühlen.«

Das Fangschiff holte langsam die Leine ein, drosselte seine Fahrt, je näher es an seine Beute herankam.

Als sie den toten Wal fast erreicht hatten, sahen sie, dass etwas ihn umkreiste; zwei Fontänen stiegen auf und verschwanden dann von der Wasserfläche.

»Es ist ein Jungwal, der Wal ist ein Weibchen!«, rief der Kapitän und setzte hinzu: »Das reicht für heute. Wir ziehen ihn direkt mit der Fangleine nach Puerto Refugio.«

Als die *Norwegen* ihren beigeholten Wal davonschleppte, kam der prächtige kleine Jungwal neben seiner Mutter wieder an die Oberfläche. Das Jungtier, etwa acht Meter lang, umrundete eine Weile das tote Muttertier, streifte es mit seinem Maul, als wolle es die Mutter aus dem befremdlichen Schlaf erwecken, und verschwand dann zögernd unter Wasser, das eine oder andere Mal noch auftauchend, als versuche es zu verstehen, was ihm da zugestoßen war.

»Warum wird es nicht harpuniert?«, fragte einer.

»Es ist verboten, Jungwale zu töten«, antwortete jemand von der Besatzung.

Am Bug, neben der Kanone, senkte der Harpunier den Kopf, als stäche ihm das Sonnenlicht in die Augen.

Die Alacalufs

In einem langen Törn, der eine Nacht und einen Tag dauerte, durchquerte die *Baquedano* den Golf von Penas von Puerto Refugio bis zur Einfahrt des Fjords von Messier.

Gegen Abend befand sie sich auf der Höhe des Leuchtturms San Pedro und der Funkstation, die in dieser einsamen Gegend errichtet worden war.

Die Etappe der Fahrt unter Segeln war damit abgeschlossen. Es wurde Befehl gegeben, alles Tuch einzuholen, und die Korvette fuhr mit ihren Hilfsmotoren, die nur eine Fahrt von maximal sieben Meilen pro Stunde erlaubten, in die stillen Wasser der engen Fjorde ein. Zudem wäre das Kreuzen unter Segeln für ein so großes Schiff gar nicht möglich gewesen, da es in diesen engen Fjorden nur unberechenbare Fall- und Wirbelwinde gibt.

Die weitere Fahrt verlief ziemlich eintönig. Tag und Nacht glitt das Schiff durch gewundene Fjorde, zwischen gewaltigen Gebirgsmassiven hindurch, auf stillen, tiefen und von den Schatten der Bergwände verdunkelten Wassern.

Die Fjorde der magellanischen Küste sind einzigartig auf der Welt. Es ist, als wäre die Bergkette der Anden auf ihrer Gipfellinie gespalten, und ein langer schmaler Kanal schlängele sich von Norden nach Süden zwischen schneebedeckten Gipfeln hindurch.

Leben bringen in diese trostlose Region Robben und

Ottern und die eine oder andere Kaptaube, deren weiße Brust sich aus dem Grau der Landschaft hervorhebt.

Der Wachdienst auf dem Schiff war jetzt leichte Arbeit, man musste nicht mehr am Fuß der Masten schlafen. Nur manchmal, wenn die Mannschaft in tiefstem Schlaf lag, wurde Alarm geblasen, und es galt Übungen wie »Mann über Bord«, »Verlassen des Schiffs«, »Feuer an Bord« und sonstige Manöver auszuführen.

An manchen Tagen wurden Lieder eingeübt; der schönste und bewegendste Teil der Ausbildung.

Die Schiffskapelle stellte sich auf dem Heckkastell auf, und die Besatzung nahm auf der Brücke Aufstellung.

Der Dirigent, ein Offizier des Musikkorps, klopfte mit dem Taktstock dreimal auf das Notenpult, und knapp dreihundert Männer stimmten zu den Klängen der Kapelle die Seemannslieder an.

Inmitten der Stille der reglosen Welt dieser Fjorde erhoben sich die Männerstimmen wie ein einziger großartiger Donnerhall, dessen Echo dumpf von den Felswänden widerhallte, als erhöben sich aus all diesen entlegenen Winkeln und Buchten zahllose menschliche Stimmen und intonierten eine Hymne des Sieges über die unzugängliche überwältigende Landschaft.

»Die Schlucht« war für Schiffsjungen wie Kadetten ein unvergesslicher Anblick, der die Grenzen jeder Vorstellungskraft überschritt. Die Berge wurden höher und die Felswände steiler, der Fjord wurde immer enger. Der Fjord wurde schmal wie eine Felsenkluft in den Anden, deren Wände sich hoch oben zu berühren schienen. In diesen Schlund drang so wenig Licht, dass das Schulschiff im Halbdunkel einer ständigen Dämmerung fuhr.

Nach der »Schlucht« kam die »Englische Enge«, die schwierigste Durchfahrt der magellanischen Fjorde.

Als die Einfahrt vor ihnen auftauchte, wurden alle Maß-
nahmen ergriffen, die die nautischen Regeln vorschrieben:
die Strömung wurde geprüft, die Position der Pyramiden
auf den zahllosen Inselchen und Klippen, der Bojen und
Leuchtbaken, die den Verkehr auf diesen zerklüfteten Was-
serwegen regeln. In der »Enge« kann nur ein Schiff auf
einmal fahren, und so besagt die Vorschrift, dass vor der
Einfahrt ein langes Sirenensignal gegeben werden muss, so
wie Autos vor einer unübersichtlichen Kurve hupen.

Zwei Männer gingen an den Ankerwinden in Stellung,
um bei Gefahr sofort die Ketten ins Meer sausen zu lassen,
und als alles bereit war, stieß die Sirene einen anhalten-
den Heulton aus, und die Korvette begann mit Volldampf
durch die Inselchen zu manövrieren. Beim letzten wurde
es am schwierigsten, denn da musste sie an einer gigantischen Bergflanke entlang eine kreisrunde Insel umfahren.
Schon viele Schiffe haben an dieser Stelle ihre Fahrt für
immer beendet.

Die *Baquedano* streifte die Baumkronen des Berghangs.
Augenblicklich drehte sie nach Backbord ab, dann nach
Steuerbord und erreichte gleich darauf den offenen Fjord,
der den Weg nach Puerto Edén öffnet.

Puerto Edén ist genauso schön, wie sein Name es ver-
heißt; eine Bucht, die man erst hinter einem Labyrinth von
Inseln entdeckt.

»Merkwürdig, dass uns noch keine Alacalufs mit ihren Booten entgegengekommen sind. Hier wimmelt es
sonst von ihnen«, sagte ein Matrose, der neben Alejandro
an der Reling lehnte und die Einfahrt ins Insellabyrinth
beobachtete.

»Sehen Sie, dort!«, rief der Junge und deutete auf ein
Schiff von beträchtlicher Tonnage, das hinter einer Insel
zum Vorschein kam.

»Es ist gestrandet«, sagte der Matrose.

Tatsächlich ragte der Bug des Schiffes hoch aus dem Wasser, und der Rumpf lag auf der Steuerbordseite. Um das Wrack herum fuhren acht bis zehn Kanus mit Eingeborenen.

Die Korvette glitt vorbei, umrundete eine letzte Insel und ging in der Bucht vor Anker. Als die Indios das Schiff sahen, verschwanden sie mit ihren Kanus fjordeinwärts.

»Irgendwas werden die Schurken ausgefressen haben, wenn sie sich davonmachen«, sagte der Kapitän, »sonst wären sie herangekommen und hätten nach Brot und Kleidung gefragt.«

»Sehen Sie, Kapitän!«, rief der diensthabende Offizier und wies zu einer Pyramide auf einer der Inseln.

»Verbrecher!«, knurrte der Kapitän. »Sie haben die Pyramide auf eine andere Insel gesetzt, um die Schiffe auf Grund laufen zu lassen. Funken Sie unverzüglich alle Schiffe an, die auf dieser Route verkehren.«

»Dafür kommen andere und stehlen ihre Otterfelle«, brummte ein Seemann leise, sodass der Kapitän es nicht hörte.

Die Alacalufs leben in den Fjorden, ernähren sich von Robben und Fischen, und sie hatten die Angewohnheit, Baken umzustellen, um Schiffe stranden zu lassen und zu stehlen, was ihnen in die Hände fiel. Glücklicherweise hatte die Kriegsmarine in dieser Gegend Baken installiert, die zu solide waren, um zerstört oder umgestellt werden zu können.

In diesem Fall arbeitete die Besatzung einen ganzen Tag, um die Pyramide wieder an ihrem Platz zu verankern, und danach wurde Kurs auf Punta Arenas genommen.

»Teilen Sie den anderen Schiffen auf dieser Route mit, dass der Fjord voller Eisberge und die Durchfahrt gefährlich ist«, ordnete der Kapitän an.

Die Korvette glitt mit halber Kraft zwischen einer Karawane merkwürdiger Gebilde dahin: liegenden Elefanten, Schwänen, Booten, Kathedralen, Wolkenkratzern, menschlichen Gestalten, allen nur denkbaren Formen, die Eisberge annehmen, wenn sie sich vom Gletscher gelöst haben und durch die Meeresströmungen drehen.

Der Eisberg zeigt nur ein Siebtel seines gesamten Volumens über dem Wasser; darum kann ein Zusammenstoß mit einem scheinbar kleinen Eisberg für ein Schiff fatale Folgen haben.

»Heute stehen Schießübungen auf dem Plan, Herr Kapitän. Warum benutzen wir die Eisberge nicht als Ziele?«, fragte ein junger Artillerieoffizier den Zweiten.

»Nach den vorschriftsmäßigen Schießübungen werden wir einige von ihnen aufs Korn nehmen«, ging der Zweite ernst, aber immerhin auf das Ansinnen des Offiziers ein.

Eine Stunde später hörte man von der Brücke, wo der Artilleriebefehlsstand unter dem Kommando eines Unterleutnants eingerichtet worden war, den Befehl: »Kanoniere auf Gefechtsstation!«

Das erste Zielschießen begann. Die Korvette fuhr in eine hufeisenförmige Bucht und ging vor Anker.

Draußen im Fjord zogen auf der Breitseite des Schiffes, vom Wind und der Strömung getrieben, plötzlich mehrere Bojen vorbei, kleine Fässchen mit roten Wimpeln, die von einem Motorboot vorher ausgesetzt worden waren.

Der Richtschütze arbeitete schnell und präzise, und schon gab der Schießausbilder den Befehl: »Feuer!«

Eine Detonation, und das Geschoss ließ direkt neben der Boje eine Wasserfontäne aufspritzen.

Nachdem man sich mit dem zweiten Schuss eingeschossen hatte, ließ der dritte das Fähnchen in die Luft fliegen und versenkte das Fass.

Die Befehle kamen jetzt Schlag auf Schlag, und die Kanonen der Korvette schossen immer schnellere Salven.

Wasserfontänen rasten über den Fjord. Kaum hatten die Kanoniere ein neues Projektil in die Kammer geschoben, zog der Schütze die Abzugsleine, und der Rückstoß schleuderte das Geschütz auf seinem Schlitten nach hinten.

In weniger als zwei Minuten war die Flottille der Bojen versenkt, bis auf eine. Sie schien die Zielfertigkeit der Kanoniere mit wehendem Wimpel herauszufordern. Doch nur eine Kanone schoss noch auf sie.

Die Wellen im Fjord ließen die Boje tanzen, die Geschosse ließen Wasserfontänen aufstieben, doch jedes Mal kam die Boje mit hüpfendem Fähnchen unversehrt hinter dem Wasserschleier wieder zum Vorschein. Die Artilleristen an der letzten Kanone schossen, was das Geschütz hergab, um jenes kleine Objekt verschwinden zu lassen, das ihrer Schießkünste spottete.

Schon weit entfernt, zerfetzte ein letzter Schuss den Wimpel und löste an Deck Triumphgeschrei aus. Doch nur der Wimpel war getroffen worden; das Fässchen, kaum noch zu erkennen, schwamm immer noch auf dem Wasser.

Der Schießausbilder ließ das Feuer einstellen. Das Ziel war inzwischen so winzig, dass genaues Anvisieren unmöglich geworden war.

Die Korvette lichtete ihre Anker und nahm wieder Kurs auf den Fjord, einen der breitesten auf der ganzen Route.

Wind und Strömung hatten zahlreiche Eisberge auf einer Seite des Fjords zusammengetrieben. Das Schulschiff hielt sich auf der gegenüberliegenden Seite und fuhr mit voller Kraft voraus.

Wieder erschollen dieselben Kommandostimmen, und die Artillerie dröhnte jetzt durch den Fjord. Manche Eisberge flogen durch die Luft wie kleine, seltsam geformte

Boote in einer Seeschlacht. Die Kanoniere benutzten Expansionsgeschosse, die in das Eis eindrangen und dann wie eine Bombe explodierten.

Hinter einer Biegung des Fjords tauchte unvermutet ein gigantischer Eisberg auf, geformt wie ein riesiges gläsernes Schiff, das gerade zu Wasser gelassen worden war. Der Anblick war fantastisch; das Sonnenlicht zerfiel im Innern des Eises zu tausend farbigen Schemen und ließ den Eisberg erstrahlen, als würden zahllose winzige Scheinwerfer dieses herrliche Schiff von innen beleuchten. Herrlich, aber auch gefährlich. Ein Zusammenprall mit ihm würde jedes Schiff auf den Meeresgrund schicken.

In voller Fahrt drehte die Korvette etwas ab, sodass sie sämtliche Backbordkanonen auf den Eisberg richten konnte. Eine gewaltige Detonation hallte durch den Fjord. Das Schulschiff hatte eine Breitseite abgegeben, die es krängen ließ, als führe es unter Segeln.

Die Geschosse drangen in das Herz des Eisbergs ein, und wenige Sekunden später explodierten sie und zersprengten die gigantische Eismasse aus ihren Grundfesten heraus. Ein Regen von Eis und von Licht stob über Himmel und Meer.

Das Schulschiff erfüllte so eine doppelte Aufgabe: Es führte die vorgeschriebenen Schießübungen durch, und es räumte mit den Eisbergen auf, die anderen Schiffen gefährlich werden konnten. Mit anderen Worten: Indem es seine Kriegstauglichkeit unter Beweis stellte, erfüllte es eine friedliche Mission.

Von Punta Arenas zur
»Teufelsgruft«

Die *Baquedano* lief einige Leuchttürme an, verteilte ein paar Kleidungsstücke und Lebensmittel unter Alacaluf-Indianern, bunkerte Treibstoff in einem Versorgungslager, das die Kriegsmarine auf der Halbinsel Muñoz Gamero unterhält, umfuhr das Kap Froward, eine steile Klippe, die das Ende des Festlandsockels der Neuen Welt markiert, und an einem Wintermorgen, nach Passieren des Leuchtturms von San Isidro, kam die herrliche Stadt Punta Arenas in Sicht, mit vierzigtausend Einwohnern am Ufer der Magellanstraße gelegen, gegenüber der legendären Insel Feuerland.

Die Mannschaft kam an Deck, um nach einem Monat Fahrt durch unbewohnbare Gegenden, durch Fjorde und Kanäle, in denen sie ihre Manöver durchgeführt hatten, wieder eine Stadt zu sehen.

»Punta Arenas«, seufzte Alejandro auf der Brücke des Kastells, blickte auf die Stadt, die in der Ferne sichtbar wurde, und dachte an das Versprechen, das er der Mutter gegeben hatte: seinen Bruder zu finden oder Nachricht von ihm zu bringen.

Die an den Hängen der Halbinsel Brunswick gelegene Stadt war zugeschneit und erschien den Männern wie eine märchenhafte Metropole aus weißem Marmor.

Die Korvette ging an einer weit ins Meer ragenden Mole vor Anker, auf der mächtige Kräne die Frachtschiffe verschiedenster Nationalitäten beluden oder Ladungen löschten.

»Die Schiffe kommen aus Europa, um hier Wolle und Kühlfleisch zu laden«, erklärte ein Matrose Alejandro.

Der Stadtkommandant und der Vertreter der Marinebehörde wurden mit vorschriftsmäßigen Salutschüssen empfangen.

Der nächste Tag war ein Sonntag, und da wurde in dieser letzten Stadt Chiles zur Mittagszeit ein besonderes Zeremoniell veranstaltet: das Hissen der Flagge. Zu Ehren der Stadt sollte der Teil der Mannschaft, der an diesem Tag dienstfrei hatte, in einer Parade zum patriotischen Festakt marschieren.

Um elf Uhr am andern Vormittag setzten dann auch die Motorboote der Korvette die Truppe an Land. Die kleinen Boote sahen aus wie Margeritenzweige mit den Reihen weißer Mützen ihrer adretten Matrosen.

»Gewehr über! In Viererreihe! Rechts um! Marsch!«, dröhnte die Befehlsstimme des Leutnants, der das Kommando über die an Land gegangene Truppe hatte.

Die Kapelle spielte einen schneidigen Marsch, und die Männer der Landkompanie, mit ihren blauen Matrosenanzügen, weißen Käppis und kurzen braunen Gamaschen, setzten sich mit geschulterten Gewehren und aufgepflanzten Bajonetten in Bewegung. Die Straßen waren schneebedeckt, die Autos rutschten wie große Kakerlaken auf vereistem Grund, und alles war so befremdlich und neu und schön für die jungen Matrosen.

Die Einwohner applaudierten dem Vorbeimarsch der Kadetten, die aus dem Herzen des Vaterlands in jene entlegene Stadt gekommen waren, doch am meisten beeindruckten sie die riskanten Kunststücke, die der Tambourmajor mit seinem Stock vollführte, wenn der Spielmannszug an eine Straßenkreuzung kam.

Auf dem Platz mit seinen schneebedeckten Bäumen, die an blühende Orangenbäumchen im Frühling erinnerten, stand dicht gedrängt die Menge und wartete auf den Einzug der Matrosen.

Die Kompanie präsentierte Gewehr und paradierte dann unter Applaus und Hochrufen um das Geviert.

Eine ganze Woche lang wurde gefeiert, und Schiffsjungen wie Kadetten wurden überall jubelnd empfangen.

Am Ende dieser Woche steckte ein Schiffsjunge, ein Kind fast noch, den folgenden Brief in einen Postkasten von Punta Arenas:

Frau Wwe. Maria de Silva – Talcahuano
Liebe Mama,
ich schreibe dir aus der ersten Stadt, in der wir nach einer langen Reise an Land gegangen sind. Ich bin sicher, dass du mir verziehen hast, wie auch der Kapitän meines Schiffes mir verziehen und mich zu einem Schiffsjungen der chilenischen Kriegsmarine gemacht hat.

Nachdem er die interessantesten Ereignisse der Reise geschildert hatte, schloss er den Brief mit folgenden Worten:

Hier in Punta Arenas ist alles wunderschön und ganz weiß. Wir haben die großen Estanzias besucht, auf denen die Millionen von Schafen weiden, die es in Patagonien gibt. Wir haben Kühlfabriken besichtigt, in denen das Fleisch tiefgefroren wird, das vor allem in den Norden unseres Landes oder nach Europa geht. Wir haben Leute Ski fahren, Schlitten fahren und Schlittschuh laufen gesehen. Die Häuser hier sind solide

gebaut, die Straßen gepflastert, und alles ist so sauber und or-
dentlich wie in der Innenstadt von Concepción oder anderen
großen Städten im Norden.

Mutter, ich habe überall nach meinem Bruder gesucht, aber
niemand hat mir etwas über ihn sagen können. Im Register der
Hafenbehörde ist seine Ankunft vermerkt, aber danach gibt es
keinen Hinweis mehr darauf, dass er die Stadt verlassen hat.
Auch an den Polizeiposten auf den beiden einzigen Wegen, die
aus der Stadt führen, gibt es keine.

Ein alter Robbenjäger hat mir gesagt, es könne gut sein,
dass er heimlich und im letzten Moment an Bord eines Kut-
ters gegangen ist, der zum Fang von Ottern und zweifelligen
Seehunden auslief.

Es gibt aber noch keinen Grund, die Hoffnung aufzugeben,
Mutter; morgen nehmen wir Kurs auf Kap Hoorn, das letzte
Ziel unserer Reise. Vielleicht höre ich da etwas von Manuel.

Es küsst und umarmt dich dein Sohn,
Alejandro

In Wirklichkeit jedoch war der Junge verzweifelt, er
wollte nur seine Mutter im Brief nichts davon merken
lassen.

Überall hatte er nach seinem Bruder Ausschau gehalten,
ihn aber nirgends gefunden, und jetzt brach er wieder auf
zu trostlosen Regionen, wo nur Indios lebten, Robbenjäger, Goldsucher und Schmuggler und wo er noch weniger
Aussichten hatte, seinen Bruder zu finden.

Am späten Nachmittag des nächsten Tages, nachdem
sie ausreichend Lebensmittel und Kohle gebunkert hatten, nahm die Korvette Kurs auf Kap Hoorn und wählte
dazu die gemischte Fahrt, das heißt, sie fuhr unter Segeln
und mit Motor.

Als sie an den letzten, am Ende der Bucht vor Anker

liegenden Schiffen vorbeifuhren, deutete der alte Escobedo auf einen heruntergekommenen verrosteten Segler, der in den länger werdenden Schatten der Abenddämmerung kaum noch zu erkennen war, und sagte zu Alejandro: »Das ist die *Leonora,* das Gespensterschiff! Ich habe das Kreuz auf dem Friedhof besucht, und man hat mir gesagt, dass keiner mehr an Bord gestorben ist. Du siehst also, ich habe diesen Ponton entzaubert.«

Die Korvette fuhr durch den Magdalena-Fjord am Schwanzende des amerikanischen Kontinents entlang.

»In dieser Gegend herrscht eine erbärmliche Kälte«, sagte ein Schiffsjunge eines Abends, als der Schnee geräuschlos die Planken zudeckte und auf fantastische Weise die Taue verdickte.

Die Schneefälle machten das Segeln in breiteren Fjorden unmöglich.

In der furchterregenden Brecknock-Passage bekam die Korvette einen Vorgeschmack auf Kap Hoorn. Gewaltige Wellen und unerklärliche Strömungen zerrten während der Durchfahrt an ihr.

Danach fuhr sie durch den nordwestlichen Arm in den berühmten Beagle-Kanal ein, von dem jeder Seemann schon einmal gehört hat, weil dies die südlichste Schiffspassage der Welt ist, und sie passierten die Teufelsinsel, die den Zusammenfluss der beiden Arme des Kanals markiert.

Eines Nachts, als sie in die Gletscherregion vorgedrungen waren, zeigte der Schiffszimmermann Escobedo Alejandro und anderen Schiffsjungen die gewaltigen Eisgletscher, die hier das Küstengebirge durchbrachen.

»Das sind die Gletscher ›Italien‹ und ›Romanche‹«, sagte der alte Maat. »Einmal hat sich von ihnen ein Geistereisberg gelöst, der die Schiffer auf dieser Route eine ganze

Weile in Furcht und Schrecken versetzt hat. Inmitten der schlimmsten Stürme tauchte er plötzlich zwischen den Wellen auf und versenkte die Schiffe.

Auf dem Eisberg stand ein toter Mann und bedeutete den Seeleuten mit ausgestrecktem Arm, dass sie nach Norden abdrehen sollten, und wenn sie es nicht taten, ließ er ihre Schiffe auf Grund laufen.

Die Yaganen sagten, das sei der Große Stammesgeist, der die Weißen vertreibe, weil sie die Otter und Robben ihrer Meere plünderten.

Eines Tages jedoch brach der Eisberg auseinander, und alles fand seine Erklärung: Der tote Mann war ein junger Yagane, der sich bei der Verfolgung einer Beute auf dem Gletscher verlaufen hatte. Er erfror, wurde vom Eis eingeschlossen, und als der Eisberg abbrach, trieb er als makabrer Passagier aufs Meer hinaus.

Dies hier ist schon das Ende der Welt«, fuhr Escobedo fort. »Wenn wir den Murray-Fjord hinter uns haben, werdet ihr sehen, wie die Strömungen sich verändern, die Robben keine Furcht vor den Menschen mehr zeigen und die Sterne in der Nacht zum Greifen nahe sind.«

Die *Baquedano* lief Navarino, Yendegaia, Kanasaka, die Inseln Lenox, Picton und Nueva an, wo nur ein paar Verbannte gezwungenermaßen ein einsames Siedlerleben führen.

Dort draußen ist alles wild: die See, die gewaltigen Felsmassive, die Stürme, der Schnee, die gesamte Natur. An diesem letzten Zipfel Chiles ist die Welt tatsächlich zu Ende.

Die Korvette fuhr also durch diesen Teil des Beagle-Kanals und stieß durch den Murray-Fjord, wo die Strömungen gefährlich und die Wurfhöhlen der Robben in großer Zahl zu finden sind.

Eines Morgens wurde Befehl gegeben, sämtliche Segel zu hissen. Man würde Kap Hoorn umfahren, und der Kapitän wollte es tun, wie es einem großen Seemann und einem großen Segelschiff in einem großen Augenblick ansteht.

Das Schulschiff durchpflügte die hohen Wogen, hart vorm Wind aufs offene Meer hinaus, wie ein großer Fisch, der durchs Wasser schießt.

Kurz vor Einbruch der Dunkelheit tauchte in der Ferne ein steiler Felsen auf, der, in mächtigen Klippen zerbrechend, ins Meer stürzte.

»Das ist das berühmte Kap Hoorn, wo zwei Ozeane – Pazifik und Atlantik – aufeinanderprallen«, sagte ein Maat.

»Heute ist die See aber glatt wie ein Teller Suppe«, sagte ein anderer.

»Sprich nicht so zum ›Steilen Kap‹! Das hört dich und wird in einer Minute zum Berserker«, antwortete ein Matrose.

Die Korvette vollführte mit stolz geschwellten Segeln einen Rundkurs vor dem Felsen. Es war ein trostloser Ort: kein Vogel, kein Tier, nur dieser karge, einsame Fels, an dem die gewaltigen Wellen beider Ozeane am Ende Amerikas zerbrachen.

Der alte Escobedo trat zu dem Schiffsjungen Alejandro, der überwältigt das Kap betrachtete, und sagte zu ihm: »Dies ist die ›Teufelsgruft‹. Hier ist der Teufel mit drei Tonnen schweren Ketten an den Meeresgrund gefesselt. In Sturmnächten zerrt er unter Wasser an seinen Ketten, und die wenigen Seeleute, die das gehört und überlebt haben, erzählen, dass es ein grauenvolles Geräusch ist, das man nie mehr vergisst. Schlimmer noch als das Wüten des Sturms.«

Kaum hatte der alte Schiffszimmermann die Worte

73

ausgesprochen, als hohe Wellen den Horizont verdunkelten, ein paar Sturmböen vom Pazifik wie vom Atlantik her übers Deck pfiffen und die Korvette hurtig wieder auf Nordkurs ging, als fliehe sie vor dem Stirnrunzeln des »Steilen Kaps«.

Hinter den Eisbergen

Morgen erreichen wir eine unerforschte Region, die man nur unter dem Namen kennt, den die Yaganen ihr gegeben haben: Hinter den Eisbergen«, sagte der Kapitän zu einem Offizier.

Die Korvette fuhr durch unbekannte Fjorde.

Schneebedeckte Gipfel ragten entlang des Ufers in den Himmel.

Das Meer war an einigen Stellen zugefroren, und hungrige Möwen und Kaptauben, die keine Nahrung fischen konnten, schlitterten über die vereiste Wasserfläche.

Hin und wieder ließ sich der Schnauzbart einer Robbe sehen, die durch das Eis brach, wie ein klobiges Kinderspielzeug, das eine Schaufensterscheibe durchstößt.

Am Tag darauf sagte der Navigator: »Noch weiter zu fahren ist zu riskant. Der Fjord wird immer schmaler, und die Zunahme von Beerentang auf dem Wasser deutet auf gefährliche Unterwasserriffe.«

Das Schulschiff suchte also einen geeigneten Ankerplatz, und noch am selben Tag wurden die Schaluppen klargemacht, die weiter in diese unbekannten Fjorde und Kanäle vordringen sollten.

»Wir haben sieben Tage, um die Gegend zu vermessen und die entsprechenden Seekarten zu zeichnen. Gleich morgen früh machen sich zwei hydrografische Abteilungen auf den Weg«, befahl der Kapitän seinem Zweiten.

Ein Offizier, der den Fjord mit seinem Fernglas abgesucht hatte, rief plötzlich: »Am Ende des Fjords bewegt sich etwas. Sieht aus wie Kanus, die näher kommen.«

Kurz darauf bestätigte sich die Vermutung: Es waren fünf Kanus, die sich dem Schiff näherten. Sie waren aber besser konstruiert als die der Alacalufs, waren schlanker gebaut und hatten einen Mast.

»Das sind Yaganen«, sagte der Offizier. »Sie lernen in zwei Monaten lesen. Als sie entdeckt wurden, zählten sie etwa fünfzehntausend Seelen. Jetzt gibt es nur noch fünfhundert von ihnen.«

Die Kanus kamen längsseits. Unter den etwa zwanzig Indios mit ihren braunen Gesichtern und den schräg gestellten Augen fiel das weiße Gesicht eines kräftigen Mannes auf.

»Ein Weißer ist bei ihnen!«, rief der Wachoffizier.

»Kann ein entflohener Sträfling aus dem Gefängnis von Ushuaia auf der argentinischen Seite sein, vielleicht auch ein Abenteurer oder Goldsucher, der bei den Indios geblieben ist«, meinte ein anderer Offizier.

Das Kanu mit dem weißen Mann hielt an der Jakobsleiter, und der seltsame Gefährte der Yaganen, der eine Hose und Jacke aus Otterfellen trug, kam an Bord geklettert.

»Ich möchte mit dem Kapitän des Schiffes sprechen«, sagte er zu dem Offizier, der ihn an der Reling empfing.

»Wenn Sie Lebensmittel wollen, brauchen wir den Kapitän deswegen nicht zu stören; wir können Ihnen einige geben«, entgegnete der Wachoffizier.

»Wir sind keine dahergelaufenen Indios, die um Almosen betteln. Wir kaufen, was wir brauchen, und wir bezahlen mit Häuten und mit Gold«, antwortete der Besucher.

»Aber Sie sind kein Indio.«

»Das interessiert nicht. Es ist so, als wäre ich einer.«

Der Offizier wollte nicht weiterdiskutieren und brachte den Mann zum Kapitän.

Als der Besucher durch die Fallreeptür trat, wäre er fast gegen den Schiffsjungen geprallt, der mit geschultertem Gewehr seine Wachrunde ging.

Ihre Blicke trafen sich, und beide hielten überrascht einen Moment lang inne; ein sonderbarer Ausdruck blitzte in den Augen des Schiffsjungen und des Besuchers auf. Es war nur ein flüchtiger Moment, dann folgte der Fremde dem Offizier zur Kajüte des Kapitäns.

Ein Kamerad gesellte sich zu dem Wachgänger und sagte: »He, Alejandro! Du und der Fremde, ihr könntet Brüder sein, so ähnlich seht ihr euch!«

Als er das Wort Bruder hörte, riss der Junge den Mund auf, wie beim Anblick einer unvorstellbaren Überraschung, und stieß hervor: »Vielleicht ist er es!«

»Was meinst du?«, fragte der andere Schiffsjunge erstaunt.

»Ich bin doch auf der Suche nach meinem Bruder Manuel, der vor vielen Jahren nach Süden aufgebrochen ist, als ich noch ein Kind war«, sagte Alejandro und enthüllte damit das Geheimnis, das auch ein Grund für seine Fahrt auf dem Schulschiff war.

Da der Besucher hartnäckig blieb, befahl der Kapitän, ihm unter Aufsicht des Zahlmeisters Lebensmittel gegen Felle einzutauschen, die man später im Norden wieder verkaufen konnte, um von dem Erlös die Rationen für die Mannschaft aufzubessern. Und falls einer von der Besatzung ihnen ebenfalls Kleidung verkaufen wollte, sollte dies auch unter den Augen des Zahlmeisters geschehen, damit die Eingeborenen nicht übervorteilt wurden.

Als die Männer die Kapitänskajüte wieder verließen, stellte sich der Schiffsjunge Alejandro Silva vor dem Offizier hin, der den Besucher begleitete, schlug die Hacken zusammen und sagte: »Ich bitte um Erlaubnis, mit diesem Mann sprechen zu dürfen.«

Der Offizier machte ein überraschtes Gesicht, stimmte aber mit einem Kopfnicken zu.

»Wozu?«, fragte der Fremde.

»Ich möchte Ihren Namen wissen«, sagte der Junge.

»Namen haben in dieser Gegend keine Bedeutung«, erwiderte der Besucher ungeduldig.

Dem Wachoffizier fiel plötzlich die Ähnlichkeit der beiden auf, und er war neugierig auf das Ergebnis ihrer Unterhaltung.

»Aber . . .«, stammelte der Schiffsjunge; doch der Fremde unterbrach ihn.

»Mein Name hat hier niemanden zu interessieren. Ich bin kein entflohener Sträfling von Ushuaia, sondern ein freier friedlicher Pelztierjäger und Freund dieser Yaganen«, sagte der Mann und ging, ohne eine Antwort abzuwarten, weiter.

Alejandro war wie vor den Kopf geschlagen, untröstlich; er wollte etwas sagen, doch er war so aufgewühlt, dass er kein Wort über die Lippen brachte. Ein unermessliches Glück war zum Greifen nahe gewesen, und jetzt drohte es ihm wegen dieses Knotens, der ihm die Kehle zuschnürte, zu entgleiten.

»Sie! Bleiben Sie stehen!«, befahl der Wachoffizier. »Warum nennen Sie dem Schiffsjungen nicht Ihren Namen? Sie werden ihn auf jeden Fall angeben müssen; denn wir verkaufen Ihnen nichts, ohne dass Sie uns mit Ihrer Unterschrift den Empfang bestätigen.«

»Wenn das so ist, dann sage ich ihn«, antwortete der Pelztierjäger. »Ich heiße Manuel Silva Cáceres.«

»Mein Bruder!«, rief Alejandro aus und stürzte sich in die Arme des Mannes.

Die beiden Brüder hielten sich zutiefst bewegt in den Armen.

Manuel hielt seinen jüngeren Bruder, dem dicke Tränen über die Wangen rannen, ein Stück von sich und sagte mit vor Rührung verhangenem Blick: »Darum hatte ich dieses merkwürdige Gefühl, als ich an der Fallreeptür mit dir zusammengestoßen bin. Als ich dich ansah, kam mir Mutters Gesicht in Erinnerung; aber nie wäre mir in den Sinn gekommen, dass du der kleine Alejandro sein könntest, den ich in Talcahuano zurückgelassen habe.«

Das »Fischotterparadies«

Weiter als bis hier kann niemand kommen«, sagte Manuel zu Alejandro und deutete auf einen mächtigen Gletscher, der den Fjord in seiner ganzen Breite verschloss. »Wenn irgendein Mensch je bis hierher vorgedrungen ist, kann er weiter nicht gekommen sein, weil er gedacht hat, dass der Fjord am Gletscher endet. Aber ich zeige dir das Geheimnis.«

»Vergiss nicht, dass ich nur drei Tage dienstfrei bekommen habe«, sagte Alejandro, der neben seinem Bruder im Bug des Kanus hockte. Die kleine Flotte von fünf mit Yaganen bemannten Kanus hatte einen gigantischen Gletscher erreicht, der den gewundenen Fjord abschloss.

In Anbetracht des Dienstplans hatte der Zweite Offizier drei dienstfreie Tage bewilligt, damit der Schiffsjunge den Einflussbereich seines abenteuerlichen Bruders kennenlernen konnte. Die Korvette würde eine ganze Woche vor Anker liegen, um die Seekarten zu erstellen.

Die beiden Brüder mit den Abenteurerherzen hatten sich gegenseitig ihr Leben erzählt; kurz und einfach das eine, lang und ereignisreich das andere.

»Einen Brief zu schicken ist schwierig in diesen Gegenden, in die sich übers Jahr höchstens der eine oder andere Robbenkutter verirrt«, sagte Manuel. »Außerdem hätte es der armen Mutter das Herz gebrochen, wenn ich ihr meine Entscheidung mitgeteilt hätte.

Ich bin von Puerto Haberton hierhergekommen. Die Indios wurden dort aufs Übelste ausgebeutet von einem ehemaligen Sträfling, der eine Bande von grausamen und herzlosen Goldsuchern um sich geschart hatte.

Ich habe mich mit ihnen angelegt und bin schwer verwundet entkommen. Eine junge Indianerin hat mich gefunden und meine Wunden versorgt. Du wirst sie noch kennenlernen; sie ist meine Frau und die Mutter meiner drei Kinder.

Nachdem ich den Häuptling ihres Stammes davon überzeugen konnte, sich in diesem unentdeckten Land niederzulassen, zogen wir los. Ich führte sie mit Erfahrung, und als ich das ›Fischotterparadies‹ entdeckte, wie ich die Gegend hinter dem Gletscher getauft habe, ernannten sie mich zum Unterhäuptling. Ich habe ihnen beigebracht, zu lesen und Werkzeuge herzustellen. Später starb der Häuptling, und ich wurde ihr Anführer.

Wir sind glücklich hier, und ich habe mich so an dieses Leben gewöhnt, dass ich das ›Fischotterparadies‹ wohl nie mehr verlassen werde«, schloss Manuel seinen Bericht.

Er gab einen Befehl auf Yagan, und die kleine Kanuflotte näherte sich der aufragenden Eiswand, die bis an die Uferfelsen reichte. Das Eis berührte aber nur scheinbar den Felsen, und die Kanus fuhren eines nach dem anderen durch eine unbeschreiblich enge Passage, welche die Eismasse von der Felsmasse trennte.

»Hier hat sich noch niemand durchgewagt«, sagte Manuel.

Die Kanus glitten in die Öffnung, als bewegten sie sich auf dem schmalen Grat am Rande eines Abgrunds, und dann hinaus auf einen Binnensee von außergewöhnlicher Schönheit. Das Ufer bildete auf der einen Seite die Gletscherwand, die sich landeinwärts zog, und auf der anderen

Seite die sanften Hänge des mit Steinbuchen dicht bewachsenen Bergrückens.

»Die Gegend ist windgeschützt, und weiter im Landesinnern ist das Klima nicht so hart wie sonst in der Region. Robben gibt es hier im Überfluss und einen Bach, dessen Bett voller Gold ist. Wir jagen nur das, was wir für den Eigenbedarf brauchen, und Gold waschen wir nur so viel, dass wir damit bei einem Siedler, den wir zweimal im Jahr auf der Halbinsel Pasteur treffen, Lebensmittelkonserven kaufen können. So erwecken wir mit unserem Reichtum keinen Argwohn, und das ›Fischotterparadies‹ bleibt unser Geheimnis. Damit unser Stamm weiterhin glücklich und in Frieden leben kann, darfst auch du keinem von diesem Geheimnis erzählen.«

»Das verspreche ich dir«, sagte Alejandro.

Die Kanus legten an einem flachen Strand an, der gesäumt war von Binsen, Schwarzdorn und Sauerdorn und weiter oben von Röhricht und dürren Steinbuchen. Die Vegetation im »Fischotterparadies« war üppiger als in der übrigen Region.

Die Yaganen, etwa fünfzig Männer, Frauen und Kinder, hatten ihr aus rund fünfzehn Hütten bestehendes Dorf am oberen Ende des Strands errichtet. Die Hütten bestanden aus einer Holzkonstruktion, über die Decken aus Seehundfellen gelegt waren.

Die Indios empfingen den fremden Besucher mit großer Neugier. Manuel sprach zu ihnen in ihrer Sprache, und aus Neugier wurde Sympathie. Der Neue war der Bruder des Chefs! Eine Indianerin, schön und immer noch jung, kam auf ein Zeichen Manuels heran, gefolgt von drei Jungen, und alle wurden Alejandro vorgestellt. Danach der Priester oder Zauberer und andere Würdenträger des Stammes. Alle waren mit Fellen bekleidet.

Ein großes Zelt aus Robbenhäuten, gegerbt und nach Jahren im Freien vergilbt, erhob sich inmitten der Hütten.

»Das ist das ›Youghouse‹«, erklärte Manuel und fuhr fort: »Du wirst darin einem Initiationsritual beiwohnen, mit dem Kindern, wenn sie zwölf Jahre alt sind, die traditionellen Stammesrechte eines erwachsenen Mannes übertragen werden. In dieser Nacht werden wir hinausfahren und Tauchenten, Pinguine und andere Vögel fangen, die wir gerne essen. Jetzt darfst du das ›Youghouse‹ noch nicht betreten; die Jungen sind bereits drinnen und fasten, sie anzusehen ist verboten.«

Die Aufregung im Dorf hatte also mit der bevorstehenden Zeremonie zu tun.

Die Nacht brach herein, und fünfzehn Kanus wurden mit Männern, Frauen und ein paar Kindern bemannt.

Alejandro fielen lange Stöcke auf, deren Enden dick mit Seegras und Stroh umwickelt waren und in eine Art Saft oder Öl getaucht wurden. Jedes Kanu führte drei dieser Wedel mit sich.

Die Flotte stach in See, durchfuhr einen schmalen Binnenfjord und kam in einer weitläufigen Bucht heraus.

Manuel und Alejandro fuhren im ersten Boot.

Plötzlich, auf ein Zeichen von Manuel, duckten sich alle in den Kanus, und die Männer zogen zügig und völlig geräuschlos die Paddel durchs Wasser.

»Duck dich und sei still!«, sagte der Anführer zu seinem Bruder.

Lautlos glitten die fünfzehn Kanus oder »Anans«, wie sie in der Yaganensprache hießen, im Schatten einer steil aufragenden Felswand dahin. Sie sahen aus wie gespenstische Beiboote, die ohne Ruder und ohne Ruderer durch die Nacht trieben.

Die Entfernung zwischen den Kanus nahm immer mehr

ab, bis Heck und Bug schließlich aneinanderstießen und die Boote eine kompakte Linie bildeten.

Leises Flügelflattern trübte die ansonsten vollkommene Stille der Nacht, und ganz in der Nähe war gedämpftes Krächzen und Piepen zu hören.

»Wir haben den Brutfelsen erreicht«, wisperte Manuel Alejandro ins Ohr.

Der Schiffsjunge schaute nach oben und sah, dass die Felswand mit den weißen Brustlätzen von Pinguinen, Möwen, »Dampfenten«, Meeresenten und anderen Vögeln übersät war.

Sie rückten weiter vor, und die Steilwand war schließlich so dicht mit Vögeln besetzt, dass sie sich kaum in den Felsspalten halten konnten. Ein paar Pinguine, die die Kanus erspäht hatten, verdrehten die Köpfe und schielten mit der ihnen eigenen Einfältigkeit hinunter, ohne einen Laut abzugeben, denn der Pinguin ist der dümmste aller Seevögel.

Sie klebten in einer solchen Menge an dem Felsen, dass man nur eine Hand ausstrecken musste, um einen am Hals packen und ins Boot werfen zu können. Die Kanuflotte suchte aber nach einem anderen Vogel, der leckerer war.

Plötzlich hob der Anführer eine Hand und gab den anderen ein Zeichen. Die Paddel wurden in den Kanus verstaut, diese schmiegten sich nun lautlos an die Felswand.

Einige der Vögel stürzten sich ins Wasser, doch im selben Moment stieß Manuel einen gellenden Schrei aus, vierzig riesige Fackeln erleuchteten den mit Vögeln vollgepackten Steilfelsen, und ein unbeschreibliches Kreischen erfüllte den eben noch so stillen Ort.

Alejandro war von dem grandiosen Schauspiel überwältigt; er sah die in Robbenöl getränkten Fackeln auflodern und die vom jähen Licht geblendeten Vögel benommen ins Wasser und sogar direkt in die Kanus fallen. Die Bootsbesatzungen schlugen mit kleinen Knüppeln auf die Köpfe der Enten und Pinguine und verstauten die toten Tiere in den Anans. Da griff auch Alejandro zu einem Knüppel und half seinen Gefährten bei der Jagd.

Die Vögel am oberen Teil des Felsens flatterten aufgescheucht umher oder fielen ins Wasser; das Geschrei war ohrenbetäubend, und die lange Reihe von vierzig brennenden Fackeln am Fuß der Felswand zerriss die Schatten dieser von Flügelschlagen, Vogelkrächzen und Indiokreischen erfüllten Nacht auf fantastische Weise.

Der lärmende Tumult, der in die friedliche Stille der Nacht eingebrochen war, schwoll allmählich ab, je weiter die Fackeln herunterbrannten. Das letzte Licht nutzten die Indios, um die toten Vögel aus dem Wasser zu fischen.

Voll beladen traten die Kanus den Rückweg an, die Indios waren außer sich vor Freude über den reichen Fang.

»Das ist einer der dichtest besiedelten Brutfelsen, die wir im ›Fischotterparadies‹ haben«, sagte Manuel zu seinem Bruder, als in finsteren Höhen noch immer das Flattern Tausender von der Jagd aufgeschreckter Vögel zu hören war.

Glänzende Rücken stießen durch die Wasseroberfläche und verschwanden zwischen den Klippen am Fuß der Felswand; es waren Fischotter, deren Schlaf ebenfalls gestört worden war.

Am nächsten Tag herrschte ausgelassene Feststimmung im Dorf. In der Nacht würde das »Youghouse« geöffnet und die Riten vollzogen werden, welche die jungen Yaganen zu Männern machten.

Manuel ließ für seinen Bruder eine gebratene Ente, ein paar besonders gute Fische und Seeigel zubereiten.

Alejandro aß mit gutem Appetit, konnte aber nicht verstehen, wie sein Bruder mit den Indios halb gare Vögel mit Haut verspeisen konnte.

»Sie schmecken sehr gut«, sagte er, während er die Keule einer Magellanente abriss.

Am Nachmittag wurde ein hoher Stapel toter Vögel vor dem »Youghouse« aufgeschichtet, Behältnisse mit undefinierbaren Getränken wurden niedergestellt und die letzten Vorbereitungen für das Fest getroffen.

»Die Yaganen haben wunderschöne Überlieferungen«, sagte Manuel nach dem Essen zu seinem Bruder, als sie vor seiner Hütte saßen.

»Sie haben eine Sündflut und eine Arche Noah, genau wie die Christen. Eine Überlieferung besagt, dass es in diesen Gegenden viele Monde lang geregnet hat und dabei alle Yaganen, bis auf drei Familien, umgekommen sind.

Als das Wasser zurückging, trieben diese drei Familien in drei Anans auf der Lagune von Agamaca, das ist im Innern von Lapataia, auf der anderen Seite des großen Fjords. Diese Lagune ist wunderschön und von großen Bambusdickichten umgeben.

In der Lagune war auch ein riesiger Wal gestrandet, der nicht schwimmen konnte und dessen Rücken aus dem Wasser ragte. Die überlebenden Yaganen schossen ihre Pfeile auf ihn ab, bis er tot war, und von seinem Fleisch ernährten sie sich.

Die Überlieferung endet damit, dass es heißt, die Pfeile der Yaganen vermehrten sich, bis sie das Bambusdickicht bildeten, das heute die herrliche Lagune von Agamaca umgibt, und dass die drei Anans mit ihren Familien sich vermehrten, bis es wieder einen großen Yaganenstamm gab, der so viele Menschen zählte, wie es Tausende von Bambusstöcken gab.

Und diese Geschichte wird von Generation zu Generation weitergegeben«, schloss Manuel.

Der »Strauß der Meere«

In zwei Reihen betraten Frauen und Männer das große Lederzelt des »Youghouse«. In der Mitte brannte ein länglich ausgerichtetes Feuer und erleuchtete den schattenvollen Ort mit bedrohlichem Schein. Fern vom Feuer hockte eine Runde von etwa zwölfjährigen Jungen auf den Fersen und betrachtete mit gefalteten Händen den Einzug der Erwachsenen.

Die Frauen ließen sich auf der einen Seite des Feuers nieder, die Männer auf der anderen. Danach trat der Priester ins Zelt, begleitet vom Häuptling, der sich zwischen den beiden Reihen niederließ und den Vorsitz über die Zeremonie übernahm.

Nach einem kurzen Palaver wurde Alejandro, dem Uneingeweihten, ein Platz in einem entlegenen Winkel des »Youghouse« zugewiesen.

Der Schiffsjunge betrachtete das Geschehen mit erschrockenem Gesicht, als durchlebe er im Traum einen exotischen Abenteuerroman.

Der Priester erklomm eine mit Seehundfell bedeckte Tribüne, senkte den Kopf, streckte die Hände nach vorn und verfiel in ein eintöniges, klagendes Gemurmel. Die Anwesenden verharrten mit ebenfalls gesenkten Köpfen in absoluter Stille.

Das Gebet wurde lauter, und je höher der Priester seine Hände hob, desto mehr hob er auch seine Stimme, bis er schließlich laut schrie und gellende Schmerzensschreie ausstieß, während der Schweiß die rote Farbe zerrinnen ließ, mit der er sein Gesicht bemalt hatte.

Die Schreie wurden immer lauter, bis der Priester, von einer Art Wahnsinn ergriffen, völlig außer sich geriet und wie leblos zu Boden stürzte.

In den Augen der Kinder lag blankes Entsetzen.

Dann begann es in den Reihen der Frauen und Männer zu rumoren. Der Häuptling stand auf und begann, rechts und links um das Feuer herumzustapfen, und alle folgten ihm und taten dasselbe.

Aus dem Rumoren wurde lautes Geschrei, und aus dem Stapfen ekstatisches Springen. Frauen und Männer tanzten mit ausgebreiteten Armen, und ihre Reihen kreuzten sich beim Tanz um das Feuer. Dann ergriffen sie die Kinder an den Händen und zogen sie mit in den Tanz hinein.

Der Tanz hieß »Strauß der Meere« und bestand darin, den großen patagonischen Vogel in seinen Bewegungen nachzuahmen.

Die Tänzer tanzten, bis sie einer nach dem anderen vor Erschöpfung zu Boden sanken.

Da war die Zeremonie beendet.

Anderntags, als im Dorf immer noch gefeiert wurde, sagte Manuel zu seinem Bruder: »Der Name dieses Tanzes ist ein Rätsel; er heißt ›Strauß der Meere‹, obwohl es keinerlei Hinweise darauf gibt, dass dieser Großvogel, den man in Patagonien im Überfluss findet, auf Feuerland und diesseits des Beagle-Kanals jemals existiert hat.«

Die klaren Nächte gingen zu Ende, und dichter Schneefall machte Schluss mit dem Fest der Yaganen. Alejandro musste auf sein Schiff zurück. Die beiden Brüder hatten das Gefühl, noch nicht alles besprochen zu haben, und so gingen sie ans Meer und setzten sich auf einen Uferfelsen.

»Du sollst unserer Mutter zwei Säckchen Gold mitbringen, die ich in meiner Hütte habe«, sagte Manuel. »Die Beutel sind aus gegerbtem Robbenfell, und in beiden zusammen sind mehr als achthundert Gramm. Dazu gebe ich dir noch vierzig Otterfelle mit und zehn von zweifelligen Robben, daraus soll sie sich nähen lassen, was sie braucht.

Erzähl ihr nicht alles, was du hier gesehen hast. Sag ihr, dass ich als Goldsucher auf einer Insel arbeite, an der keine Schiffe anlegen, und dass ich zu ihr zurückkomme, wenn ich noch mehr Geld verdient habe.

Und jetzt nimm mein Kanu, meine Männer zeigen dir den Weg zu deinem Schiff.«

Die beiden Brüder erhoben sich und blickten sich bewegt in die Augen. Sie wussten, dass sie sich nicht wiedersehen würden.

»Ich weine für meine Mutter, die dich nie mehr wiedersehen wird«, sagte Alejandro.

Als sie auseinandergingen, drang aus der Bucht ein dumpfes Geräusch zu ihnen: Es war ein Eisberg, der ins Meer gestürzt war.

»Wir sind wie die Eisberge!«, rief Manuel aus. »Das Leben dreht und wendet uns manchmal auf eine Weise, dass wir eine ganz andere Form annehmen.«

Als Alejandro schon im Kanu saß, rief ihm der Jäger vom Ufer her zu: »Erzähl der armen Mutter nichts und behalte das Geheimnis des ›Fischotterparadieses‹ für dich!«

Wieder daheim

Und danach liefen wir Castro, Quemchi, Ancud und Puerto Montt an. Von dort sind wir mit dem Zug nach Osorno gefahren.

Ich habe viele Häfen und Städte gesehen, und wo immer wir eine Parade abgehalten haben, sind wir von den Leuten mit Applaus empfangen worden.«

Das Gespräch fand im Bügelzimmer von Doña Maria in Talcahuano statt.

Ihr Sohn hatte ihr soeben die ganzen Abenteuer seiner Reise erzählt.

»Ich bin glücklich, liebe Mutter«, fuhr er fort. »An Bord habe ich mein Interesse am Funken entdeckt, und der Funkoffizier hat mir während der Ausbildungsfahrt alles beigebracht, was er wusste. Er hat dem Ausbildungsleiter gesagt, dass ich mich für Funktechnik interessiere, und jetzt kann ich die Funkerschule der Marine in Valparaíso besuchen, in Las Salinas.

Ich bekomme sogar ein kleines Gehalt, das zum Überleben reicht, und nach einem Jahr kann ich schon als Funker auf den Schiffen der Kriegsmarine arbeiten.«

Doña Maria, mit Tränen in den Augen, unterbrach ihren Sohn, der von einer so langen Reise zurückgekehrt war.

»Aber Alejandro, du hast mir noch nicht ein Wort von deinem Bruder gesagt!«

»Ach, Mama, das Beste habe ich doch für den Schluss aufgehoben!« Er kramte in seinem Seesack aus dickem Segeltuchstoff und holte ein Bündel Felle und zwei kleine Lederbeutel hervor. »Hier! Dein Sohn Manuel schickt dir diese wertvollen Pelze und die beiden Säckchen, die Goldkörner im Wert von über zwanzigtausend Pesos enthalten. Er ist gesund, und es geht ihm gut. Er arbeitet als Goldsucher auf einer entlegenen Insel, wo niemals Schiffe vorbeikommen; aber er hat mir gesagt, dass er zurückkommt, sobald er genügend Gold geschürft hat.«

Dann erzählte er der Mutter von seiner Begegnung mit Manuel in den eisigen Regionen von Kap Hoorn, wobei er einen Teil der Wahrheit, wie er es seinem Bruder versprochen hatte, jedoch verschwieg.

Plötzlich kamen ihm die letzten Worte seines Bruders in den Sinn, und er sagte: »Mutter, weißt du, was seine letzten Worte waren, als wir uns verabschiedeten und draußen auf dem Meer ein Eisberg vom Gletscher abbrach? Er sagte: ›Die Menschen sind wie diese Eisberge; das Leben wirbelt uns herum und verändert uns.‹«

Nach diesen Worten warf er sich seiner Mutter schluchzend in die Arme, wie als er noch ein kleiner Junge war.

Doña Maria drückte ihren Jüngsten fest an ihr Herz, und auch ihr traten Tränen in die Augen, als sie vage die Bedeutung jener rätselhaften Worte begriff.

Escobedos Wahn

Vierzehn Tage später, in Valparaíso, begegneten sich zwei Schiffsjungen im Fahrstuhl des Ausbildungsgebäudes.

»Silva, wie geht es dir?«, rief der eine und setzte hinzu: »Ich komme gerade von einem Besuch bei Escobedo, dem Schiffszimmermann.«

»Was macht er hier?«, fragte Alejandro.

»Er ist im Marinehospital von Playa Ancha, ziemlich irre im Kopf. Erzählt nur noch Geschichten von Gespenstern und Geisterschiffen im Südmeer. Er meint, seine über alles geliebte *Chancha,* du weißt, die *Baquedano,* habe ein Gespenst an Bord, und er sei der Einzige, der es vertreiben könne, genau wie auf der *Leonora.*

In Wahrheit hat der Ärmste wohl nicht verkraftet, dass die *Baquedano* außer Dienst gestellt worden ist; er träumt immer noch davon, an Bord zurückzukehren. Er hat ja auch sein ganzes Leben auf dem Schiff verbracht.«

»Ich werde ihn gleich besuchen«, sagte Alejandro und verabschiedete sich von seinem Kameraden.

Wenige Minuten darauf betrat der Schiffsjunge einen der weißen Krankensäle des Marinehospitals.

»Ah … Da kommt der letzte Schiffsjunge der *Baquedano!*«, rief ein alter Mann mit eingefallenem Gesicht, als er Alejandro eintreten sah.

»Schön, schön. Weißt du schon, dass sie unsere geliebte *Chancha* verhext haben? Sie hat jetzt ein Gespenst an Bord.

Einen armen Ponton haben sie aus ihr gemacht. Niemand darf rauf; aber ich werde sie von dem bösen Geist befreien, wie ich es in Punta Arenas auf der *Leonora* getan habe. Du kommst gerade richtig. Du bist der Einzige, der mir dabei helfen kann. Stimmts?«

»Ich bin bereit, Maat«, sagte der Junge mit bewegter Stimme.

»Bravo! Nichts anderes habe ich von dir erwartet«, rief der alte Escobedo und legte die Hand an einen imaginären Mützenschirm, als nähme er vor seinen Vorgesetzten an Bord Haltung an. »Ich bin der Erste Maat und du der letzte Schiffsjunge der *Baquedano*!«

»Jawohl, Maat!« Der Schiffsjunge ergriff die Hand, die der alte Seebär ihm hinstreckte, und senkte erschüttert den Kopf.

Mit diesem Händedruck nahmen zwei Generationen Abschied von der glorreichen Korvette, die, genau wie der Maat, außer Dienst gestellt und jetzt für immer vor Anker gegangen war.

Feuerland

Schauplatz von Coloanes Werken ist die Südspitze des amerikanischen Kontinents – Feuerland, Patagonien, Kap Hoorn. In unvergesslichen Porträts skizziert er jene Goldsucher, Walfänger, Robbenjäger, verlorene Gauchos, gestrandete Matrosen, Aufständische und Desperados, die auf der Suche nach Glück und Reichtum durch die endlose Weite streifen.

Kap Hoorn

In diesen Erzählungen vor dem Hintergrund der trostlosesten und gleichzeitig großartigsten Landschaft im äußersten Süden Amerikas berichtet Coloane von Jägern und Seeleuten, Farmersfrauen und Verlierern, die es hierher verschlagen hat. Die Landschaft nimmt Gestalt an, ist Schauspielerin in einem Stück ohne Ende, das sich nie wiederholt, nie ermüdet.

Der letzte Schiffsjunge der Baquedano

Zu Anfang des 20. Jahrhunderts verlässt das Schulschiff der chilenischen Marine den Hafen von Talcahuano. An Bord ist ein blinder Passagier, der fünfzehnjährige Alejandro, der um jeden Preis Matrose werden will. Auf der Reise lernt er das harte Leben auf See und eine unbekannte Welt an der Südspitze der bewohnten Welt kennen.

»Geschichten, die von Gischt durchdrungen sind, die unsere Ruhe stören und die kristallenen Lüster an der Decke erzittern lassen.« *Luis Sepúlveda*

Mehr über Autor und Werk auf *www.unionsverlag.com*

FERGUS FLEMING *Barrow's Boys*
1816 startete John Barrow, Zweiter Sekretär der Englischen
Admiralität, ein Entdeckungsprogramm, das bis heute nur ver-
gleichbar ist mit dem der NASA-Landung auf dem Mond. Um
die weißen Flecken der Weltkarte zu füllen, dirigierte Barrow
seine Offiziere in aberwitzigen Expeditionen an die Enden der
kartierten Welt – mit desaströsen Folgen.

ROBERT KROETSCH *Klondike*
Angesteckt von der Nachricht von den ungeheuren Goldfun-
den am Klondike River brechen auch der vierzehnjährige Zack
und seine Mutter Lou nach Alaska auf. Auf der Reise trotzen
sie Schnee, Eis, wilden Flüssen und Menschen, die die Gier
nach Gold in Bestien verwandelt hat. Doch erst in Dawson
City begegnen sie der größten Gefahr von allen.

C. S. FORESTER *African Queen*
Als der Erste Weltkrieg auch in den Dschungel Afrikas vordringt,
finden sich Charlie Allnut, ein Mechaniker aus Londons Unter-
schicht mit zweifelhaftem Ruf, und Rose Sayer, die gestrenge,
unverheiratete Missionarin, in einer unverhofften Schicksals-
gemeinschaft wieder. Die Flucht mit dem maroden Dampfboot
African Queen verändert beider Leben von Grund auf.

CHARLES SEALSFIELD
Häuptling Tokeah und die Weiße Rose
Die amerikanischen Farmer rücken immer weiter vor. Noch
kann sich die Siedlung der einst mächtigen Oconee-Indianer
behaupten. Doch was ist das Geheimnis des hellhäutigen Mäd-
chens Rose, das seit seiner Kindheit unter ihnen ist? Als ein bri-
tischer Seemann verwundet beim Dorf auftaucht, überstürzen
sich die Ereignisse.

Mehr über alle Bücher und Autoren auf *www.unionsverlag.com*